新装版 太陽みたいなキミ

永瑠

スターツ出版株式会社

高校２年の10月。
友達もたくさんいて、親友もいて。
部活も大好きで。
毎日が楽しかった。
笑わない日なんて、なかった。
なのに……
どうして、あたしの命は、あと半年なの？

どん底にいたあたしに光をくれたのは、
太陽みたいなキミだった。

だけどあたしは、
もうすぐいなくなってしまうから……
キミへの想いを手ばなすよ──。

contents.

第 1 章

余命	8
隠しごと	41
疑い	84
連れてって	93
決めたんだ	108

第 2 章

静かに	126
小さな出会い	143
みんなで	153
隠さなきゃ	169
大好き……だから	196

第 3 章

思い出を	216
ありがとう	248
伝える	264
空	269
今まで	291

第 4 章

前を向いて	298
夢を	305

あとがき	314

第 1 章

余命

　学校の門をくぐったとき、うしろから走ってくる足音が聞こえてきた。
「麗─紀!!」
　ポンッと、軽く背中をたたかれる。
「おはよう美歌。今日も元気ですね～」
「当ったり前じゃん!!」
　そう言いながら、あたしにピースを向けてきた美歌。
　美歌こと、中谷美歌。この子とは幼なじみ。
　背が小さくて、ふわふわでやわらかいロングの髪を、いつもおしゃれにまとめている。
　目がパッチリと大きくて笑顔がかわいくて、まさに女の子！っていう感じ。
「麗紀！　早く朝練行こうよ！」
「おー!!」と声をそろえて、あたしたちは走って音楽室へ向かった。
　栗田麗紀。高校2年。
　あたしは、かわいくて女の子らしい美歌とは全然違うタイプ。
　背が高くて、あまりはしゃぐ方ではない。
　友達からは、クールでしっかりしてるお姉さんって感じだよねってよく言われる。
　あたしと美歌は同じ吹奏楽部で、あたしが担当している

楽器は、バリトンサックス。

吹奏楽部で使うサックスの中でも一番大きな形で、低い音を出す。

美歌はフルート。小さくてふわふわしている美歌には、あのきれいな高音がぴったり。

あたしは、ぴったりかどうかわかんないけど……バリトンサックスが大好き。

学校のろう下に、あたしたちの騒がしい足音が響く。

そのまま突っこむように、音楽室の扉を開けた。

――ガチャッ。

「さ、寒‼」

中に入った瞬間、冷たい風が肌を刺し、あたしは腕をさすった。

「ヤバ！　昨日、窓開けっぱなしだったわ！」

焦ったように言って、美歌は急いで開いていた窓を閉めた。

「先生にバレる前に気づいてよかったわ～～」

ふぅ、と胸に手を当てて安心する美歌。

「だね！　バレたら……長い長い説教だー」

あたしたち吹奏楽部の顧問、山井先生。通称、山ちゃん。

山ちゃんは、音楽に対しての情熱がものすごくて、怒るととても怖い。

部活中も合奏のときは鬼のようだし、規則をちゃんと守らないとすごく怒る。

だから、今みたいに窓を閉め忘れたりしたら……。

想像するだけで、ゾッとする。
「よーし！　練習開始‼」
　パンッ！と自分の頬をたたいて、美歌が言った。
　あたしと美歌は、準備室からそれぞれの楽器を出して練習を始めた。
　チューニングと基礎練習を終えて、曲練に入る。冬コンで演奏する曲だ。
　冬コンというのは、あたしたちが住んでる県で行われる"冬コンクール"のこと。
　コンクールに参加できる条件は、部員が50名以上であること。
　あたしたちは、ギリギリ52人で出場できる。
　……県内で行われる、小さなコンクール。
　でも、あたしたち2年生にとっては、最後のコンクール。
　最後だから、金賞を取りたい。
　この気持ちは、きっとみんな同じだ。
「あ！　先客だー！」
　そのとき、扉の方から聞き慣れた声が聞こえた。
　目を向けるとそこには、クラリネットの由愛とホルンの裕香。
　……だけかと思ったら……。
「おはよう！」
「先輩！　おはようございます‼」
　なんと、吹奏楽部の部員52名、全員大集合。
「わ！　ちょっと！　いきなり来すぎ‼」

美歌が、フルートを守るように抱えながら叫ぶ。
　朝練は自由参加なのに、みんな金賞を取るために、がんばりたいんだね……。
　52人全員が、一気に狭い音楽室に入る。
　どうして、あたしたちの学校の音楽室は、こんなに狭いんだ……。
　合奏のときだって、いつも窮屈で仕方がない。
　しばらく、みんな思い思いにチューニングをしたり基礎練をしたりしていた。
　たくさんの音が響き、自然に胸がワクワクする。
「ねぇ！　みんなそろったんだし、合わせよ!!」
　そのとき、部長の紗夜が言った。
　その紗夜の言葉に、みんなが頷く。
　時計をチラッと見る。
　今は、8時15分。予鈴が鳴るのが、8時20分。
　たぶん、間に合うだろう。
「じゃあ！　行きまーす!!」
　部長の紗夜のかけ声で、みんなが構える。
「1、2、3、4!!」
　ブレスが重なる。
　みんなの音が聞こえる。
　いつもの合奏のときと比べて、音程はバラバラだけど……朝練だから、まぁいっか。
　——キーンコーンカーンコーン。
　ちょうど、曲が終わったときにチャイムが鳴った。

「タイミングいいね〜!」
　ユーフォニウムの里美が笑いながら言う。
「あ、1時間目体育じゃん!」
「いいじゃん!　体育!」
「よくないよ!　長距離だよー?」
「あー。それはイヤだな」
　里美とトロンボーンの百合子のグチを聞きながら、あたしと美歌はクスクス笑った。
「あたしたちは1時間目、美術だっけ?」
「そうそう。あの先生ゆるいから、気がラクだねー」
　そして、美歌となにげない会話をしていた、そのとき。
　──ズキッ。
「い……った」
　突然、頭の右側に強い痛みが走り、あたしは思わず頭を押さえた。
「麗紀、どうしたの?」
　あたしの声に、いち早く反応した美歌。
「あ、ううん。大丈夫。最近、頭の右側が痛むことがあって……」
「ええ……。それ、大丈夫なの?」
「うん。大丈夫」
　ここ最近、あたしは頭痛が激しい。
　急に、ズキンと痛む。
　まあ、すぐに痛みは消えるし、あまり気にしてないけどね。

「あ、ほら。麗紀！　急がないと！」
「あ〜ごめん、ごめん！」
　あたしは急いでバリトンサックスのケースを準備室にしまった。
「麗ー紀！　いっそげ！　いっそげ‼」
　音楽室の扉のところで、美歌が言う。
「はい！　今行くー！」
　あたしは、美歌のもとへ走った。
「いっそげー！」と言いながら、ピョンピョン階段を駆けあがる美歌。
　そんな元気いっぱいな美歌とは真逆に、あたしはすぐ疲れてしまう。
「はぁ……美歌、速すぎ」
　あたし、体力ないなぁ。
　もともと体力はあまりないけど、最近になってさらに疲れるのが早くなった気がする。
　なんでだろう……。
　やっとの思いで階段を上り、教室へ向かった。
　教室に入ると、まん中に人だかりができていた。
　そして、その人だかりの中心にいるのは……。
緒川和也。
　緒川くんは、この学校の人気者。
　いっつも大人数に囲まれていて、女子からもモッテモテ。
　他校の子からもモテてるって、聞いたことあるな……。
　スラリと背が高く整った顔立ちで、性格も明るい。

きっとあの人のことがキライな人なんて、いないんだろうな。
　　そう思いながら、あたしは窓側の自分の席に座った。
　　そして美歌は、あたしのうしろの席に座る。
　　幼なじみで前後の席になれるなんて、奇跡だよなぁ。
　　いつもあたしは、体を横にして美歌としゃべっている。
「今日も人気ですねー」
　　あたしは緒川くんの方を見ながらつぶやいた。
「あれ？　麗紀が男子に興味を持った！」
　　美歌が驚いたように言う。
「いや、興味なんてないけど……」
「またまたー。まぁ、かっこいいよねー。和也くん」
　　……うん。たしかにかっこいいな。
　　髪は茶色でクセっ毛。笑うと、大きな目が三日月の形になる。
　　整った容姿だけじゃなくて、無邪気に笑うその笑顔が、人を惹きつけるんだ。
「……そうだね」
　　なんとなく恥ずかしくて、あたしは美歌にわざと素っ気なく返事した。
「やっぱ、オーラが違うよね！　なんかさ〜、オレンジ色って感じじゃない？　太陽の色！」
　　……え？
　　オーラが太陽の色？
　　美歌って、意外にロマンチストなんだよね。

あたしは、美歌が言ったことの意味がよくわからなくて、緒川くんを凝視した。
　……オーラかぁ。
「ギャハハハ‼　やっぱ、それはキノコだろ‼」
「いやいや！　待て和也。それは、ほうれん草だろ‼」
　なんか変な話してるなぁ。
　そんなことを思っていたら、緒川くんと目が合ってしまった。
　……うっ。
　これは、どうすればいいのか……。
　逸らせばいいのかな？
　いや、失礼かな……。
　頭をフル回転して考えていたら、ふいに緒川くんがニコッと笑った。
　それを見たら、無意識に……あたしも、つられてニコッと笑っていた。
「ねね！　麗紀ー」
「な、なに⁉」
　ヤバ、変な声出た……。
　だけど、美歌はとくに気にしていないみたいで、会話を続ける。
「今度の日曜、どっか行こー？」
「あ、うん！　いいよ！」
　うわぁ〜〜！　ドキドキした……。
　緒川くんが急に笑うから……。

な、なんか一瞬ときめいちゃったし。

思わず笑い返しちゃったけど、あたし、笑顔引きつってなかったかな。

——ズキッ。

そのとき、またいつもの頭の痛みが起こり、思わず顔をゆがめる。

もう、なんなの……。

親に頭痛のことを言っても、『季節の変わり目だからねー。体の調子が狂っちゃうんじゃない？』って、流されたし……。

でも、だいぶ前から、この頭痛はある。

「わ！　先生来た！」

クラスの誰かがそう叫んだ。

その声に反応して、あたしは体を前に戻す。

先生が教室に入ってきた瞬間、クラス委員の「きりーつ」という号令がかかった。

そのキビキビした声とは真逆に、クラスのみんなはあくびをしたりしながらダラダラと立つ。

「礼。着座ー」という、委員長のよく通る声が響いた。

そしてあたしも、座った瞬間に大きなあくびをした。

あぁ、眠いなぁ。

そんなことを思っている間に、先生はテキパキと今日の連絡事項を言っていく。

あたしはそれをぼんやり聞きながら、部活のことを考えていた。

今日のパート練は、なにをしようか……。

バリトンサックスはサックスのひとつだけど、出す音は低音だから、パート練習は低音楽器が集まったBassパートで行うことが多い。

そして、あたしは、Bassパートのパートリーダー。

だからいろいろと、今日の練習メニューを考えなければならない。

基礎練をやったら、冬コンの曲をメインに練習して、あとは……個人練でいいか。

ボーッとそんなことを考えていたら、いつの間にか先生の話が終わって10分間の休憩時間になっていた。

「麗紀ー、着替えよー」

名前を呼ばれた方に目を向けると、美歌が着替えを持って教室の扉のところにいた。

今日の美術の授業は、絵を描く作業がある。

制服が汚れてしまうかもしれないから、ジャージに着替えなければならない。

まぁ、ジャージの方が動きやすくてラクなんだけど。

更衣室には、あたしたち２年１組の女子しかいなかった。

まだみんな、着替えずにおしゃべりをしている。

そんな中、あたしと美歌は、さっさと学校指定の青い色のジャージに着替えた。

それから美術室に向かっていると、「ちょっとトイレ行ってくるー」と言った美歌。

美歌と別れると、あたしは美術室に入らず、ろう下の窓

を開けて待つことにした。
　ヒヤッとした風が、肌に直接当たる。
　あたしの髪が、うしろに流れた。
　腕をさすって体を温めていると、「なぁ」という声がしたと同時に、右側が少し暖かくなったように感じた。
　なんだろう？
　そう思い、右上に目線をやる。
　隣にいたのは、なんと緒川くんだった。
　いきなり……なに!?
　あたしは思わず息をのんだ。
　体が石になったみたいに動かなくなる。
　他の男子はまだ着替えているのか、近くには誰もいない。
　緒川くんは窓の方を見ながら、
「俺（おれ）らって、あんましゃべったことないよな」
　と、ひとり言のように言った。
　冷たい風が、緒川くんの髪を揺らす。
　太陽の光を反射してキラキラ輝く、茶色の髪。
　思わず、見とれてしまいそうになる。
　……ていうか、この人。
　わざわざこんなこと言いに来たの？
「そうだね……。あんま、ないかもね」
　あたしも、外を見ながらひとり言のように返す。
　あたしはあまり男子と話す方じゃない。
　べつに、男子にも恋愛にも、あまり興味がない。
　今のあたしは、男子より音楽。

そんなことを考えていたら、緒川くんが、
「栗田って、なんかおもしろいな！」
　と、目を三日月にして笑って、美術室に入っていった。
　いったい、なんだったの……。
　緒川くんって、外見はかっこいいけど、ちょっと変な人なのかな。
　あたしが唖然としていると、美歌が帰ってきた。
「ごめーん！　髪セットしてたら遅れたー」
　そう言って、顔の前で手を合わせて謝る美歌。
「ううん。全然！　今日もオシャレな髪ですねー」
　今日の美歌の髪型は、頭のてっぺんでふんわりお団子。
　美歌の髪型は、いつも違う。
　だから毎朝、美歌の髪型を見るのがひとつの楽しみ。
　今日は朝練に遅刻しそうになったから、家でゆっくりアレンジできなかったみたい。
「ふふふ。まぁ、こんなの朝メシ前だけどね～。将来は美容師になります！」
　美歌は敬礼のポーズをしてみせる。
「おう！　がんばれ！　てか、ドヤ顔やめて～」
「ドヤ顔のなにが悪い！」
　女子力の欠片もないような大きな声で、ふたりで笑う。
　こんな日々が、いつまでも続けばいいのに。
　くだらないことで笑って、楽しい仲間とワイワイやって。
　いつまでも〝将来〟を追い続けて。
　今が、永遠になればいいのに……。

「はぁ、笑いすぎた……。麗紀はないの？」
　お腹(なか)をさすりながら、美歌が言った。
「……え？　なにが？」
「将来の夢」
　……夢、かぁ。
「うーん。まだ、ないかなぁ」
「ないかぁ……。まぁ、そのうちできるよ！」
　──キーンコーンカーンコーン。
　会話の途中でチャイムの音が聞こえ、ふたり同時に短いため息をつく。
「あー。美術始まるじゃん。めんどくさーい」
「まぁ、他の授業よりラクだからいいけどね」
　あたしたちはそう言いながら、美術室に入っていった。

「じゃあ、教科書30ページの写真をデッサンしてくださーい」
　先生の話なんて、耳からスーッと出ていってしまう。
　それよりも、さっきのことで頭がいっぱい。
　美歌は、将来を楽しみにしてるんだよね……。
　美容師になるために、勉強してるんだよね。
　それに対して、あたしは将来の夢もない。
"今が永遠に"なんて思ってるのは、もしかしたらあたしだけかもしれない……。
　あたしは窓の外をボーッと見ながら、そんなことを思っていた。

「おーい、麗紀？」
　美歌があたしの顔の前で、手をヒラヒラさせる。
「あ、ごめん！　なに？」
「ねね、あたし結構うまくない？」
　そう言って、美歌はあたしにスケッチブックを渡した。
　きっと美歌も先生の指示なんてろくに聞かずに、好き勝手なものを描いたんだろうな。
　そう思いながら見てみると。
「……これ、あたし？」
「正解！」
　スケッチブックに描かれていた絵は、横を向いているあたしだった。
　きっとマヌケな顔をしていたのに、そこに映るあたしは真剣な顔。
「美歌、すごいうまいね」
「でっしょー！　自信作！」
　そう言って、満面の笑みを浮かべた美歌。
「ねぇ、美歌」
「ん？　なに？」
「この絵、あたしにくれない？」
「え……うん、いいよ!!　麗紀にあげる！　その方が絵も喜ぶし！」
　……絵が、喜ぶ？
　変な想像をしつつも、あたしは絵を受けとった。
「でも、なんか意外」

すると、美歌があたしが持っている絵を眺めながら言った。
「なにが？」
「麗紀が絵を欲しがるなんて」
　まぁ、それもそうだ。
　今まであたしが人の絵を欲しがることなんて、なかった。
　自分が写っている体育祭の写真とかも、あんまり興味がなかったのに。
「んー。まぁ、なんとなくね」
「ふーん。あ、次はあれ描こっと！」
　次に美歌が描きだしたのは、電柱にとまっていたカラス。
　なんで、カラス？　そのカラスの近くには、かわいらしいスズメがいるんだけど……。
　まぁ、いいか。
　てか、眠いな。
　あたしは眠気に勝てず、机に突っぷして眠りについた。

「……紀！　麗紀‼　もう授業終わったよ！」
「……んーっ」
　あたしは、ムクッと起きあがった。
　視界がかすむ。
　立ちあがり、目をこすりながら歩きだした。
「ほら！　行くぞー」
　美歌はあたしの手をグイグイ引いて、歩くスピードを上げる。

「ちょっと待ってよ～」
　寝起きのあたしの足が、美歌のスピードに追いつかない。
「次、音楽だよー！　また移動教室だ!!　しかも、山ちゃんの授業なんだよ！」
　音楽かー。
　山ちゃんの授業か……また男子が騒いで怒られそうだなぁ。
　ボーッとそんなことを思っていると、急に、クンッと左足が動かなくなった。
「……う、わっ!!」
　そのままバランスを崩し、あたしは転んでしまった。
「いてて……」
　床に打った膝をさする。
「きゃー！　麗紀!!　ごめん、あたしが急いだから！」
　美歌が、オロオロした声で言った。
「あはは、大丈夫。美歌のせいじゃないよ」
　美歌の手を借りて立とうとすると、左足首がズキッと痛んだ。
　左足、ひねっちゃったかな。
「麗紀？　どっか痛めた？」
「あ、ううん。大丈夫！　ほら、音楽室行かなきゃ!!」
　心配する美歌の手を引いて、音楽室へ向かった。
　なんだったんだろう……。
　急に、足が動かなくなったけど……。
　気のせいかな。

いや、でもたしかに……。
　足が、急に石になったみたいに動かなくなったんだ。
　……でも、今は普通に動かせるし、歩くこともできる。
　よくわかんないけど、これ以上考えてもムダか。

　音楽の時間は合唱で終わった。
「麗紀ごめん！　あたし部活のことで先生に呼ばれちゃったから、先に教室行ってて」
「あ、うん。わかった」
　美歌は小走りで先生のところへ向かっていった。
　ひとりになったあたしは、トボトボとろう下を歩きだした。
　口に手を当てながら、また大きなあくびをする。
「栗田」
　そのとき、優しくて落ちつく低い声で名前を呼ばれた。
　あたしはゆっくり振りかえる。
「……なに、緒川くん」
「左足、どうした」
　そう言いながら、彼はあたしとの距離を縮めた。
「え、どうしたって……」
「なんか左足、気にしてるし。ひねったのか？」
　緒川くんはしゃがんで、あたしの左足首に触れる。
「ちょ……！　だ、大丈夫だから！」
「あーほら。腫れてんじゃん。保健室行くぞ」
「だから、大丈夫だって！」

緒川くん、人気者だし、すごく目立つからみんなに見られてる……。
　あたしは恥ずかしくて、緒川くんから離れた。
「おい、離れんな……ったく、しょうがねーな」
　そう言って緒川くんは、あたしを軽々と抱きあげた。
「ちょっと‼　な、なにしてんの⁉」
　みんなからめちゃくちゃ見られてるって！
　てか、これって……お姫様だっこってヤツじゃん！
　顔から火が出そうなあたしを無視して、あたしを抱きかかえたまま保健室へ向かう緒川くん。
「お、下ろして！」
「暴れんなって。落ちたらどーすんだよ」
「はぁ⁉」
　この人……本当になんなの⁉
「……下ろしてください」
　そう言っても、緒川くんは下ろしてくれず……。
　歩いている間、たくさんの人の視線に耐えられなくて、あたしはぎゅっと目をつぶっていた。
「もう、保健室着いたよ」
　そう言って、緒川くんがあたしを静かに下ろす。
　心臓が、ドキドキとうるさい。
「先生ー。こいつ、ケガしてるみたいだからさー」
　ガラッと保健室の扉を開けた緒川くんが、気の抜けた声で言う。
「また、お前はケガ人連れてきたのか」

そう言いながら、イスの向きをクルッと変えてこちらを見た先生。
　保健室なんてめったに来ないから、久々に見た。
　黒髪で、メガネをかけ白衣を着てる男の先生。
「ほら、こっちに来い」
「あ、はい」
　先生はあたしをイスに座らせ、左足首を見た。
　足の甲をつかんで、ゆっくりと回す。
「……いた！」
「軽い捻挫だな。どっかでコケたのか？」
　足首にシップを貼りながら、先生がたずねる。
「ちょっとバランスを崩して……」
「はは。結構ドジなんだね、栗田」
「……盗み聞きしないでよ」
　冷めた声で言うと、緒川くんは笑った。
　……絶対、バカにしてるよね。
「はい、できた。あんま無理すんなよ、栗田」
　あまり親しみのない先生にふいに名前を呼ばれ、あたしは少し驚きながらコクリと頷く。
「緒川、お前はケガ人を連れてきすぎだ」
「いやいや、ケガ人を診るのが、先生の仕事でしょ？」
「まぁ、それもそうだが……」
　なぜか、先生は言葉を詰まらせる。
「この前、指のささくれだけで生徒を連れてきただろう。ささくれなんて、保健室に来てもどうにもできん」

先生は少し困ったように言った。
「だってさー。なんか痛そうにしてたから。ほうっておけないでしょ。なぁ、栗田」
「……ちょっと、なんで話を振るの？」
「んー。なんとなく」
　そう言って、とぼけた表情をする緒川くん。
　……なんなんだ。
　自由人だな、この人。
　でも、実は心配性なのかな。
　あたしの足もそうだけど……ささくれ、って……。
「ほら、お前らもう帰れ。授業始まるぞ」
　そう言って先生は、手をヒラヒラさせている。
「じゃあ、戻るか。じゃーな先生」
「先生、ありがとうございました」
　先生にお辞儀をしたら、「おう。もうコケんなよ」と言われた。

「仲、いいんだね」
　保健室を出て、あたしの少し前を歩く緒川くんの背中を眺めながら、つぶやいた。
「ん？　誰と？」
「保健室の先生と」
　あたしの質問に「あー」と言いながら、緒川くんはあくびをする。
「あの先生、おもしろくね？」

「……まぁ、うん」
　緒川くんは「だろ？」と言って、得意げな顔をした。
「あ、お前、足無理すんなよ？」
「え、うん」
　ホント、心配性なんだ。
　きっと、こういうところがいいんだろうな。
　接しやすくて、誰にでも同じ態度で、友達も多くて、いつも笑顔で。
　だから、人気なんだろうな。
　……というかこの人、自分が人気者って自覚してるのかな。
「あー、ねみぃ」
　そう言って、また彼は大きなあくびをする。
　……自覚してないな、絶対。
「なぁ、お前って吹奏楽部なん？」
「うん。そうだけど……」
　なんで、こんなこと聞くんだろう。
「楽器、なにやってんの？」
　うーん。きっと言ってもわからないんだろうな。
「バリトンサックスっていう楽器なんだけど……」
「あ！　それ、俺の姉貴がやってたヤツかも」
「え！　ウソ!?」
「ホントホント。こんなヤツだろ？」
　そう言って緒川くんは、ジェスチャーをした。
　ぐにゃんと、大きく下に腕を動かす姿は、たしかにバリ

トンサックスを表してるみたい。
「それそれ！　すごい！　緒川くんがわかるなんて思わなかった！」
　あたしはうれしくて、思わず笑ってしまう。
「なっ！　失礼なヤツだなー。まぁ、俺もびっくりしたけどな」
「あはは！　こんなこともあるんだねぇ」
　──ズキッ。
「い……った……！」
　また頭痛が起こり、顔をしかめたあたし。
「え？　どうした？」
　心配そうに、緒川くんはあたしにたずねる。
「ううん……。大丈夫……大丈夫」
　あたしは自分に言い聞かせるように言った。
　大丈夫、大丈夫。
　そう思うのに、頭痛が治まらない。
　あたしは、頭をかかえながらその場に倒れこんでしまった。
「おい!?　栗田！　おい!!」
　緒川くんがあたしの肩を支えてくれる。
「ちょ、誰か!!　栗田、しっかりしろ!!」
　緒川くんの大きな声が頭に響く。
　視界が、ぼやける。
　息が、できない。
「麗紀!?　え!?　なに!!　どうしたの!?」

遠くの方で、美歌の声が聞こえた。
　でも実際は、遠いのか近いのか、わからない。
「おい！　栗田‼」
「ねぇ！　麗紀！　麗紀‼」
　——ズキン、ズキン。
　頭が割れそうに痛い。
　美歌たちの声が、姿が遠くなる。
　あたしはそこで、意識を失った。

「……紀！　麗紀‼　あなた、麗紀が……！　先生呼んで来て‼」
「わ、わかった！」
　……なんだか、騒がしいな。
　ぼんやりと目を開けると、見慣れない白い天井があった。
　ここ……どこ？
「麗紀！　あぁ……麗紀」
　この声は……お母さん？
　視線を動かすと、ちらりと見えた窓に映る空はオレンジ色で、今が夕方なんだとわかる。
　窓と一緒に、お母さんの姿も視界に入った。
「お、かあ……さん？」
　あたしは声を絞りだした。
　喉がカラカラで、かすれた声。
「麗紀……。よかった、本当に、よかった……」
　涙でグチャグチャになった顔で、お母さんは安堵の表情

を見せた。
　なにが『よかった』なの？
　今、あたしの顔についているプラスチックのものは……酸素マスク？
　腕には、たくさんの点滴。
　これは、いったい、なに？
「おい！　先生が来たから……」
「あ、先生！　麗紀は、大丈夫なんでしょうか⁉」
　先生って……？
　白衣を着た男の人は、あたしの手首を触り、腕時計を見ながら脈を取っているようだった。
「栗田麗紀さん。しゃべれますか、大丈夫ですか？」
　そして、真剣な顔で聞いてきた。
「……ここ、どこですか……？」
　かすれた声しか出ない。
　それに、『大丈夫ですか』って、なに？
「ここは病院です。あなたはここに運ばれたんです。しゃべれるようですね。じゃあ、あとで呼びにきますね」
　そう言って、白衣の人は早歩きで部屋から出ていった。
　あれ？
　あたし、運ばれたんだっけ。
　看護師さんが酸素マスクを外してくれるのを見ながら、さっきの白衣の人の言葉を、頭の中で整理する。
　あたし、学校にいたよね？
　みんなで朝練して、美術と音楽の授業を受けて……。

あぁ、そうだ。
あたし、転んで左足を痛めて、そしたら……緒川くんが保健室に連れていってくれて……。
あ、そういえば、緒川くんのお姉さんが昔バリトンサックスをやっているって話を聞いて……。
そしたら……。
——ズキンッ。
「いった……」
「麗紀！　また痛むの!?」
お母さんが食いつくように言う。
そうか……あたし、学校で倒れたのか。
でも、そこからの記憶(きおく)がない。
「麗紀？　大丈夫!?」
返事をしなかったからか、余計にお母さんを心配させてしまった。
「ねぇ、お母さん……」
本当は、聞きたくない。
ウソだと思いたい。
だけど、たしかにあたしは病院にいて。
ズキズキと頭が痛くて。
酸素マスクをされ、たくさんの点滴をつながれていて。
ただの寝不足や風邪なんかのときとは、あきらかに違う状況で。
頭の中は、まっ白で。
ウソだと、信じたい。

「あたし、病気なの？」
　白く、広い天井を眺めながら、つぶやいた。
「……違うわ。麗紀は……麗紀は病気なんかじゃ……」
　お母さんは俯きながら言った。
　お母さんは、ウソがヘタだね。
　そんなに悲しそうな声を聞いたら、もう、病気じゃないとは思えないじゃない。
　そのとき、さっきの白衣の人、いや……あたしを担当してくれる先生が病室に入ってきた。
「すみません、まず親御さんに説明をしたいので、別室に来ていただけますか」
「わかりました……」
　そう言って、お父さんとお母さんは、悲しそうな顔で病室を出ていく。
　先生からなにを言われているのか、気になるけど……なにも考えたくない。
　イヤな予感ばかりが浮かんでしまう。
　そして、少し経って、看護師さんがあたしの腕から点滴を外し、ゆっくりとベッドから体を起こしてくれた。
　体がだるくて重くて、なんだか自分の体じゃないみたい。
　──ガラッ。
「麗紀さん、待たせてしまってすみませんでした。こちらにどうぞ」
　そう言って先生は、あたしを別室へと案内した。
　案内された部屋に行くと、お父さんとお母さんがイスに

座っていた。
　部屋は少し暗くて、あたりを見まわすと、レントゲン写真があった。
　レントゲン写真なんて、初めて見た。
　ドラマとかでなら何回か見たことあるけど、生でなんて、初めて。
　写真に写っているのは、形からして、たぶん脳。
「じゃあ麗紀さん、ここに座ってください」
「⋯⋯はい」
　お父さんに支えられながら、ゆっくりとイスに座った。
　あたしは、一体なにを、言われるんだろう。
　心の準備も出来ていないまま、先生は静かに口を開いた。
「率直に言います。麗紀さん、あなたの脳には腫瘍(しゅよう)があります。それにより、現在は、"頭蓋内圧亢進(ずがいないあつこうしん)"という症状が出ています」
　淡々と、先生は言う。
　一回言われただけじゃ、覚えられないような名前。
「治るんですか!?　手術は⋯⋯」
　食いつくように、お母さんが言った。
　こんなお母さんを見るのは、初めてだ。
　先生は眉(まゆ)をぴくりと動かしてから、口を開いた。
「⋯⋯腫瘍は、まだ小さいですが⋯⋯。腫瘍の位置が厄介(やっかい)で、手術でその腫瘍を取りだすことになると、血管を傷つけてしまうリスクが伴(とも)います。もし成功したとしても、後遺(こうい)症が出る可能性が高いです」

「そんな……」
　口に手を当てて泣くお母さん。
　目をつぶって、俯くお父さん。
　あたしはただ、自分の脳が写るレントゲン写真をボーッと見ていた。
　右脳に、小さな塊を見つける。
　手術をしたって、今までの生活は戻らない。
　なら、あたしはどうすればいいの？
　ていうか、どっちにしろあたしは助からないんじゃないの？
「先生……」
「はい」
　これを聞いてはいけない。
　自ら聞くようなことじゃない。
　だけど……。
「あたしはあと、どれだけ生きられるんですか？」
　まだちゃんと病気の説明も聞いていないけど。
　でも、直感的に思ったんだ。
　この病気は、あたしの命を蝕んでいるって。
　手術したとしても、どっちにしろ完全には助からないのなら、残りの命の長さを知りたい。
　先生はあたしの質問に驚いたように目を見開いた。
「麗紀さん……」
　苦しそうに、先生は眉を寄せる。
「いいんです。言ってください。覚悟はできています」

冷静に、そう聞いた。
　どうして、今、あたしはこんなに落ちついているんだろう。
　本当は覚悟なんて、できてないくせに。
「……ショックを受けないでください。手術しなかった場合の、麗紀さんの余命は……もって、あと半年です」
　……半年。
　あたしの命はあと、半年。
「もって半年、ですか……」
　言葉に、笑いが混ざる。
「れ、麗紀？」
　そんなあたしに驚いたのか、お母さんはあたしの肩に手を置いた。
「はっ……」
　乾いた笑いが漏れる。
　半年って。
　どうしてなの。
　だって、さっきまで、学校で普通に笑ってたじゃん。あたし。
　なのに、急に。
「ははは……。はは……」
　声が、震える。
　ショックを受けるな、なんて無理でしょ。
　美歌と、夢の話をしたばかりなんだよ。
　美歌は、将来美容師になるって言ってたの。

あたしは、美歌の将来を、見ることができないの？
　まだ夢がないあたしに、美歌は、将来の夢なんてそのうちできるって言ってくれたの。
　……あたしは、自分の将来を考えることもできないの？
「……麗紀さん……」
　そんな、声で呼ばないでよ。
　そんな、優しい声で呼ばないで。
　自分が、どうしようもなく惨めに思えてしまうじゃない。
「先生」
「……はい」
　なんとなく、右手首を触る。
　トク、トク、と脈を打つ。
「あたしはこれから、どうやって生きていけばいいんですか」
「……これから麗紀さんは、薬治療をしていきます」
「薬治療、ですか」
　お父さんが言う。
「はい。腫瘍が大きくなるスピードを遅くする薬です。あと……」
　親と先生が話してる。
　先生。
　あたしが聞きたかったことは、そんなことじゃない。
　治療なんて、どうでもいい。
　あたしが聞きたかったことは、友達とか、将来とか、そういうこと。

こんな質問、先生に聞いたって、意味ないよね。
　でも、教えてよ。
　誰か教えてよ。
「……じゃあ、これからがんばっていきましょう」
「はい……よろしくお願いします」
　話が終わり、両親は深々と頭を下げた。
　それからあたしは、いろいろな検査をした。
　初めて見たMRIにも、とくに驚くこともなく。
　というか、ほぼ放心状態だった。
　本当に頭がまっ白で、なにも考えられなくて。
　歩くだけで、精いっぱいだった。

「じゃあ、検査結果が出たら連絡いたしますので」
「はい、よろしくお願いします」
　なんだか、長い一日だった……。
　帰りの車の中は、みんな無言だった。
　お父さんとお母さんは、今、なにを考えているのだろう。
　人がなにを考えているのかなんて、わからないけど。
　その表情は……ひどく、絶望しているようだった。
　──～♪～♪
　そのとき、車内に響いた小さな通知音。
　いったい、誰だろう。
　あたしはスマホのディスプレイを見た。
「……美歌」
　ポロッと、名前を口にしてしまった。

「美歌ちゃん、すごく心配してたのよ……麗紀が運ばれてからも泣きながら、麗紀、麗紀って名前を呼び続けてたって……」

　ねぇ美歌、あたし、あと半年しか生きられないって。
　そう、心の中でつぶやく。
　スマホを開いてみると、たくさんメッセージが来ていた。
　内容はすべて、今日あたしが倒れたことについて。
　みんな、すごく心配してくれたんだ……。
　メッセージを読んでいたら、ふとみんなの顔を思いだした。
　……あぁ……どうしよう。
　心配してくれた人のメッセージを、無視するわけにもいかない。
　でも、どうすればいいの。
　あたし、病気だったよ、って？
　あたしの命はあと、半年だったよ、って？
　そんなの、言えるわけないじゃない。
　あたしは少し悩んでから、
【大丈夫だよ。ちょっと貧血だったみたい。心配させてごめんね！】
　と返信した。
　ウソついて、ごめん。
「ねぇ、お母さん……」
「……ん？」
「病気のこと、学校に言わないで」

「え……」
　知られては、いけない。
　同情とか、されたくない。
　心配も、されたくない。
　いつかきっと、知られてしまうとしても。

隠しごと

翌日の朝。
「麗紀！」
「ん？　あ、おはよう」
　下駄箱で靴を脱いでいると、はぁはぁ、と息を切らしながらお団子頭の美歌が走ってきた。
　いつもと変わらない朝。
　いつもと同じ風景。
　なにも変わっていないのに、なんだか虚しい気持ちになってしまう。
　オレンジ色に染まっている木の葉も、道に咲いている花も。
　色鮮やかだったはずなのに、今は、白黒に見えるんだ。
「貧血って言ってたけど……本当なの？」
　少し不機嫌そうに、美歌が言った。
　お母さんはあたしのお願いを聞いてくれた。
　だから、学校にいる人は誰も、あたしの病気のことを知らない。
　貧血で病院っていうのは、ちょっと大げさだったか。
「……ホントだよ」
　短い言葉で返した。
　そうじゃないと、すべてを話してしまいそうになる。
「そっか……。でも、あんま無理しちゃダメだよ？」

「うん」
　美歌は納得してないようだったけど、深くは聞いてこなかった。
「あ、麗紀！　朝練行く？」
　少し暗かった空気を変えるように、イタズラっ子みたいな笑顔で美歌が言う。
「……ごめん、美歌。あたしちょっと先生に用があるから」
　本当は、先生に用事なんてないんだ。
　あたしの言葉に、美歌は残念そうな顔をした。
　でも、すぐいつもの笑顔に戻る。
「そっか。じゃあ、あたし行ってくるね！」
　そう言って、美歌は音楽室の方へ走っていった。
　ごめんね。
　小さくなっていく背中に、あたしはそう謝った。
　ウソをついてしまった。
　ウソをついた理由。
　それは、自分に自信がなかったから。
　美歌の笑顔を見ていると、悲しくなるから。
　また、将来のことを聞かれたら、どうしようとか。
　結局、あたしは美歌から逃げたんだ。
　あたしは、弱い。
『ウソをつく人にだけは、なってはダメよ』
　去年、亡くなったおばあちゃんが言っていた。
　あたしが遊びにいくと、口グセのように言っていた。
　優しくあたしの頭をなでながら。

あの温かい手は、もうないのだけれど。
ああ、これからどこに行こうか。
いつものクセで早めに登校しちゃったから、HRまで時間がある。
教室にいても、暇だし。
そう思いながら歩いていると、気づいたら屋上に来ていた。
「さむ……」
あたしは腕をさすった。
今は10月。ちょっと前まで夏だったのに、一気に寒くなってしまった。
屋上には枯れ葉がたくさんあった。
あたしはその枯れ葉を踏みながら、フェンスの近くに行った。
クシャッと、乾いた音を立てながら粉々になる枯れ葉。
なんだか、あたしみたい。
青々としていた葉が、急に色を失って、こんなにももろく崩れてしまう。
冷たい風が肌を急激に冷やす。
秋晴れの空を見上げながら、ガシャンッと、腰より少し高いくらいのフェンスにもたれる。
そして立ったまま、ボーッと空を眺めた。
あたしの心とは真逆に、きれいに晴れた空。
……あたしの心は、大雨なんだけど。
ああ、このまま学校なんてサボってしまいたい。

まぁ、あたしにそんな勇気はないんだけど……。
　ボーッと空を眺めていると、大きな鳥が空を優雅に飛んでいた。
　こんなあたしを嘲笑うように、それはそれは優雅に。
　……生まれ変わったら、鳥になりたいな。
　どこへでも飛んでいける、鳥に。
　自由に、好きな場所に行ける鳥に。
「なにしてんだよ」
　そのとき、突然温かい声が聞こえた。
　びっくりしたけど、あたしはすぐに冷静になって、目だけを動かして声の主を見た。
「緒川くん……」
「寒くねーの？」
「寒いよ。すっごく」
　体だけじゃなく、心も。
「ふはっ、やっぱおもしれーな」
　そう言って、当たり前のようにあたしの左隣に腰を下ろした緒川くん。
　触れてはいないけど、とても、暖かく感じた。
「朝練は？　行かねーの？」
　鼻をすすりながら、緒川くんは言う。
「……ちょっと、いろいろとあってね」
　そう言ったとき、あの美歌の残念そうな顔が浮かんだ。
「ふーん。まぁいいけど」
　鼻を少し赤くして、緒川くんはニカッと笑う。

なぜ、聞かないんだろう。
　昨日のことを。
　絶対に、聞かれると思った。
　あたし、この人の連絡先を知らないから、"貧血"ってことも言っていない。
　……まぁ、聞かれないならウソをつく必要ないから、ありがたいんだけど。
　そのとき、緒川くんがうれしそうに空を見上げた。
「うっわ！　でっけー鳥！」
　大きな鳥を指さして、子どもみたいにはしゃぐ緒川くん。
「写真撮ろ！　あ、こら！　待て！　あっちこっち飛ぶな‼」
　緒川くんはそう言いながら立ちあがり、スマホを上に向けながら文句を言う。
「鳥なんだから、飛ぶに決まってるでしょ」
　そう言うと、緒川くんはイタズラが成功した子どものような顔で、
「やっと笑った」
　と言った。
　その言葉に、思わずきょとんとしてしまう。
「……あたし、笑ってた？」
　そう言って、自分の頬をつねってみる。
「……は？　いやいや、今笑ってたじゃん。お前……」
「……そう」
　きっとあたし、変なヤツだと思われた。

でも、自分が笑ってたなんて実感がなかったんだよ。
　余命半年って言われてから、なにもかもがバカらしく思えてしまって。
　心のどこかで、あたしはもう笑えないんじゃないかなって思ってた。
　なのにあたし、笑ってたんだ……。
　そんなことを思っていたら、ふいに緒川くんの手が、あたしの頬に触れた。
　まるで、涙を拭うように。
「……なに？」
　ヒヤリと冷たい彼の指が、優しくあたしの頬をなぞる。
「……なんで、泣くんだよ」
　……あたし、泣いてなんかいないよ。
　緒川くんも変な人だな、と思いながら、あきれて目を逸らす。
「泣いてないよ……」
　そう言うのに、緒川くんの手は、あたしの頬から離れない。
「えっと……？」
　あたしは不安になって、もう一度緒川くんを見る。
　すると、あたしの目に映ったのは、悲しい表情をした緒川くんだった。
　いつも笑顔の彼からは、想像もつかない表情。
「……でも、これから泣くだろ？」
「……え？」

この人、なんなの。
　ホント、意味わかんないし。
　そう思うのに、どうして、あたしの頬は濡れているの。
「う、わ。なにこれ……」
　止めようと思うのに、止まらない。
　喉の奥がギュッとなって、うまく息ができない。
「あたし、ダッサ……」
　言葉に、笑いが混じった。
「ダサくねーよ」
　……え。
「涙にダサイもなにもねぇんだよ」
　緒川くんは眉を寄せて、スネてるような口調で言った。
　その口調とは反対に、あたしの頬に触れてる手はとても優しい。
　涙を拭うのも忘れて、ポカーンとしてしまう。
　きっと、あたしの顔はひどいことになっているだろう。
　目も鼻もまっ赤だ。
　なのに、この人はあたしの目をまっすぐ見ている。
　そう思ったら、顔がボッと熱くなるのを感じた。
「へへ。泣きやんだ」
　グシャグシャと、顔と髪をもみくちゃにされる。
「ちょ、やめて……！」
「あっはっは‼　ボッサボサ！」
　楽しそうに、ケラケラ笑う緒川くん。
　もう、本当になんなの！

少し見直したと思ったばっかりだったのに……。
　……昨日、急に話しかけてきたあの軽い感じとは違って、さっきの緒川くんは、なんていうか大人っぽくて、落ちついていて……。
　でも今は、やっぱりいつもの子どもみたいな緒川くんで。
　はぁ、とため息をついた。
　ふと、フェンス越しに下をのぞいてみると、校舎に入っていく人の姿がたくさん目に入る。
　……みんな、登校してきたんだ。
　そろそろ、戻らなきゃ。
　美歌の朝練も、そろそろ終わるよね。
　でも、この顔で戻るわけにはいかない。
　きっと、まっ赤になっている鼻と目。
　それに、緒川くんにグシャグシャにされた髪。
　髪はなんとかなっても、顔はどうにもできない。
　はぁ……。どうしようかな。
　うーん、と考えていると、緒川くんは「そうだ!」と手をたたいた。
「なに……?　なにかいいことでも思いついたの?」
　きっと、ろくでもないこと考えてるんでしょ……。
「……サボっちゃう?」
　そう言って、ニヤリと笑った緒川くん。
　そんな言葉に、あたしはまたポカーンとしてしまった。
　や、やっぱり……ろくでもないこと考えてた……。
　そんなあたしを無視して、緒川くんはスマホを取りだし、

どこかに電話をかけはじめる。
「あ、ケンジ？　あのさー、今日一日俺と栗田休むから。あぁ、言っといて」
「ええ!?　ちょっと……！」
「そんじゃ、よろしくなー」
　ウソ、でしょ。
　なんか、すらすらと物事が進みすぎて、頭が追いつかない。
　……あたし、サボるの？
　しかも、１時間目だけじゃなくて、一日!?
　混乱するあたしを尻目に、緒川くんは腕時計を見ながら、「まだ８時20分かー」と言った。
「まぁいいや。栗田、行くぞ」
「…………」
　もう考えるのも面倒で、あたしは緒川くんについていくことにした。
　重い屋上の扉を開けて、階段を下りる。
　なんだろう。この気持ち。
　ドキドキなのかワクワクなのか、わからないけど。
　今までにはなかった感情が、あたしの心をくすぐった。

「ちょっと待ってて」
　今いる場所は、学校内の自転車置き場。
　緒川くんが、『今日は天気がいいから、俺のチャリで行こう』と言ったので、今ここにいる。

幸い、ろう下では美歌たちに会わずにここまで来れた。
　緒川くんは自転車にまたがると、あたしの方を向いてうしろを指さした。
「……？」
　どういうこと？
　どうしていいかわからずオロオロしていると、緒川くんがあきれたようにため息をつく。
「うしろだよ、うしろ！　ほらっ、乗って」
「えぇ!?」
　うしろって……。
　ふたり乗り!?
「無理！　ダメ！」
「……なんで」
　不機嫌そうな顔を見せる緒川くん。
「……だって、あたし、重いし……」
　それに、恥ずかしいし。
　すると、緒川くんは「ハハッ」と笑った。
「そんなん気にすんな。ほら、乗れ」
　優しい声と優しい目。
　さっきのイタズラっ子みたいな笑顔とは真逆の、大人びた笑顔。
　不覚にも、ドキッとしてしまった。
　あたしは黙って、自転車のうしろにまたがった。
　……ち、近い。
　うしろに座ると、緒川くんの背中に体が触れそうになっ

てしまう。
　あたしが自転車のどこにつかまろうか悩んでいると、前から腕をつかまれ、グイッと引っぱられた。
　息が止まるかと思うくらい、驚いた。
　あたしの頬が、緒川くんの肩に触れそうになったから。
　つかまれた腕から、触れそうになった頬から、発火しそうになる。
　そんなあたしに気づかずに、緒川くんは「ここにつかまって」と言って、あたしの腕を自分の腰へとまわした。
　フワッと緒川くんに触れる。
「そんじゃー行くぞー」
　のんきにそう言って、緒川くんはペダルを踏む。
　冷たい風が肌を刺す。
　だけど、緒川くんに触れているところは熱い。
　ドキドキと、心臓がうるさい。
　──ズキンッ。
　少し痛む、頭。
　……あのさ、あたし、半年しか生きられないんだよ。
　胸はドキドキと暴れてるのに、頭は冷静だ。
　思わず、心の中で緒川くんに話しかけてしまう。
　どうか、どうか気づかないで。
　このうるさい心臓の音と、なぜか泣きそうになってしまったことを……。

　緒川くんと自転車に乗って走りはじめてから、結構時間

が経った。
　途中、商店街で緒川くんがおばあさんに話しかけられたり、近所の小学校に寄り道したりしてたから。
「ねぇー！　どこまで行くのー!?」
　トラックのうるさい音に消されないように、あたしは思いきり叫ぶ。
　すると緒川くんが、ペダルを漕ぐ力を強めた。
「秘密‼」
　緒川くんも、あたしと同じように叫ぶ。
　秘密って……いったいどこに行くの……。
　ここからじゃ、緒川くんの表情が見えないけど、すごく楽しそうだ。
「おい！　〜〜‼」
　緒川くんはなにか言ったみたいだけど、その声は走る車の音にかき消されてあたしには届かない。
「え!?　聞こえな……っきゃ‼」
　グンッ、と体が前に押されるような感覚。
　坂！　急な坂じゃん‼
　緒川くんのうしろで、前が見えない恐怖と強い風に混乱するあたし。
「イヤ！　怖い！　無理‼　止めて‼」
　反射的に、緒川くんの背中にしがみつく。
「無理！　ここで止まったら、前にぶっ倒れるから！」
　笑いながら、あたしとは正反対の楽しげな声で、緒川くんは言う。

「ぶ、ぶっ倒れ……ぎゃあああああ‼」
　あたしは恐怖のあまり、女子とは思えない叫び声を上げる。
　そして、固く目をつむり、緒川くんのブレザーをつかんだ。
「〜〜い！　〜〜‼」
　暗闇のなかで、緒川くんの声が聞こえる。
　でもその言葉は、大きな雑音にかき消されて、やっぱりあたしの耳まで届かない。
　あたしは目を開けて、緒川くんに聞き返そうとした。
　でも、目を開けた瞬間、あたしの思考回路は停止した。
　目の前に……キラキラ輝く海が広がっていたから。
　さっきまで怖くて怖くて仕方なかったのに、その光景に釘づけになる。
「……きれい……」
　思わず、そうつぶやいてしまうくらい。
　太陽の光に反射して、まぶしいくらい輝く海。
　そのとき、自転車はヒュイッと左に曲がり、小さな駐車場に止まった。
　体がフワフワする。
　さっきの恐怖でまだ足が震えてたけど、あたしはすぐに自転車から降りた。
　ずっと緒川くんにしがみついていたことに今さら気づいて、なんだか恥ずかしくなる。
　顔が、熱い……。

緒川くんは自転車から降りて、「フーッ」と言いながら腕を伸ばした。
　この人は、あたしにしがみつかれていたことに、なんとも思わないのかな。
　……思わないか。
　そういうの、全然気にしなさそうだし。
　はぁ、と心の中でため息をついた。
「……重かったでしょ」
　駐車場に転がっていた石を、コツンと蹴る。
「うん、すごく」
「えぇ!?」
　自分で言ったことなのに、はっきり言われると、ちょっとショック。
　いや、だいぶショック。
　あたしは俯いて、また石を蹴る。
　そんなあたしを見て「ウソ、ウソ。軽かったよ」と緒川くんは笑った。
　……この人、おもしろがってるな。
　そう思いながら緒川くんをじっと見ていると、彼は着ていたブレザーを脱いで、自転車のカゴの中に入れた。
「ほら、行くぞ」
　そう言って、浜辺に下りていく。
　海水浴の時期をとっくに過ぎて、人が全然いない砂浜。
「ちょ、ちょっと、待ってよ!」
　走っていく緒川くんを、追いかける。

細かい砂のせいで、うまく走れない。
「ちょっと、まっ……」
　あたしがそう言いかけたとき、緒川くんは立ちどまることなく、波に向かって駆けこんでいった。
　茶色の髪が太陽に反射して、きれいな金髪に見える。
「うっひゃー！　冷てぇ‼」
　制服のまま海に飛びこんだ緒川くんは、水しぶきで濡れた前髪をかきあげた。
　その姿に、心臓が跳ねる。
　……はっ！
　いやいや、なにドキドキしてんの？　あたしの心臓。
　ダメだよ。平常心、平常心。
　あたしは胸に手を当て、深呼吸する。
　緒川くんはこっちを見て、首をかしげた。
「あれ？　お前、入んねーの？」
　ポタポタと、彼の髪からしずくが落ちる。
「……ねぇ、今、何月か知ってる？」
「あ？　10月だろ」
　……知ってんじゃん。
「ほら！　お前も入れよ‼　冷てーぞ！」
「……だろうね……」
　10月と言っても、下旬。
　もうみんな、長袖で上着まで着てますけど。
　風、めちゃくちゃ寒いですけど。
　信じられない気持ちでポカンとかたまるあたしとは裏腹

に、緒川くんは楽しげに笑った。
「うおー! 小さい魚いるじゃん‼」
　そう言って、水面をバシャバシャとたたいている。
「あ、コラ! 逃げんな! 逃げ足速いなーこいつら」
「……足、ないけどね」
　ツッコミを入れると、緒川くんは「ナイスツッコミ!」と言って笑った。
　楽しそうだなぁ。
　この街を明るく照らす太陽に負けないくらいの、笑顔。
　……オーラがオレンジ色。太陽の色。
　今なら、美歌が言っていたことがわかる気がする。
　そのとき、
　──パシャンッ!
　と、冷たいものが足にかかった。
「ちょ、冷た‼ なにすんの!」
　あたしは驚いて、濡れた足を触る。
「お前がさっさと海に入んねーから、かけてやった」
　そう言って、緒川くんはイタズラっ子の笑顔で笑う。
「……入るつもりもなかったんですけど……」
　もう、靴ビショビショじゃない。
　あたしは靴と靴下を脱いで、海へと足を入れた。
　ザァ……と足を濡らす波。
「気持ちいーだろ?」
　しゃがんで、お腹までつかっている緒川くんが言う。
「……うん、気持ちいい」

遠くに戻っては、またこっちに来る波。
　海に入ったのなんて、久しぶり。
　昔はよく、家族で来てたんだけどなぁ。
　小学校高学年くらいから、行かなくなってた。
　なんだか、家族でそういうことするのが恥ずかしく思えちゃったんだよね。
　まわりの友達も、大人っぽくなっていったし。
　いつまでも家族と一緒にいたら、なんだか、自分だけ置いていかれているような気がしたんだ。
「はぁ……」とため息をつきながら、パシャッと水を軽く蹴った。
　……うん。やっぱり気持ちいい。
　それからあたしは波打ち際を歩いたり、はしゃぐ緒川くんを眺めていたりした。

「う～さっみぃ～‼」
　そう言いながら、ビショビショの姿で砂浜に上がった緒川くん。
　制服からしずくが滴り落ちている。
「そんな格好でいたら、風邪引くよ？」
「んー、だな」
　そう言って、緒川くんはワイシャツを脱ぎだした。
「はっ⁉　ちょ……意味わかんない！　な、なんで脱いでんの⁉」
　あたしは驚いて、思わず大きな声で言う。

「だって、濡れてるまんまだと風邪引くだろ？」
「いやいや、どっちにしろ体冷えるでしょ！」
　あたしがそう言うと、緒川くんは少し考えたあとに「んー、そうだな」と言って、ビショビショの服を再び着だした。
　まったく、しかたないなぁ。
「……ちょっと待ってて」
「え、ちょ、お前どこ行くんだよ⁉」
　あたしは緒川くんの言葉を無視して歩きだした。

「……これでいっか」
　あたしが今いる所は、駐車場の近くにあった古着屋さん。
　さっき駐車場に止まったとき、なんだかいい雰囲気のお店があると思ってたんだよね。
　選んだ服は、スポーツブランドのグレーのパーカーと、黒のダボッとしたズボン。
　ラフな感じだけど、いいよね。
「すみませーん、これくださーい」
「はーい」
　レジの奥から出てきたのは、30歳くらいのきれいな女の人。
　花柄のロングスカートをフワフワ揺らしながら、あたしを見てにっこりと笑った。
「あら、海へ入ってたの？」
「え……？」

女の人の視線をたどってみると、裸足で砂まみれの自分の足が目に映った。
「ふふ。風邪引いちゃうわよ？」
　そう言いながら、手際よく会計する女の人。
　うわ～！　なんか恥ずかしい……。
「1500円になりまーす」
「あ、はい」
　渡された袋は、なぜかズシリと重かった。
　こんなに重い服じゃなかったのに……。
　不思議に思い、袋の中を見てみると、買った服と一緒に大きなバスタオルが入っていた。
「え？　あの、これって……」
「ふふ、サービスよ。サービス」
　ニコッと笑った女の人は、なんだかすごくきれいに見えた。
「でも、いいんですか？」
　あたしは、このバスタオルの代金は払っていない。
「ええ、彼氏さんと仲よくね」
「か、彼氏じゃありません!!」
　……でも、まぁ、女子高生が男物の服を買っていたら、誰でもそう思うか……。
　いや、でも、いないし！　彼氏なんて!!
「彼氏じゃないの？　ふふ、まぁいいわ。その彼と仲よくね」
「……はい。ありがとうございます」
　そう言ってあたしは、古着屋さんをあとにした。

なんだろう。このモヤモヤ感は。
　ちょっと誤解されただけなのに、どうしてこんなに恥ずかしいんだろう……。

　砂浜に着くと、緒川くんはまた海に入っていた。
　……本当に寒くないのだろうか。
　緒川くんはあたしに気づいたのか、海から上がった。
「栗田ー！　どこ行ってたんだよー!?」
　困ったような口調でそう言う。
「服、買ってきてたの」
「服？」
「うん。はい、これ」
　緒川くんはあたしから袋を受けとって、中を見た。
「おおー！　サンキューな！　てか、俺好みのヤツじゃん!!」
　あたしはホッと胸をなでおろす。
　……よかった。気に入ってもらえて。
　男の人がどういう服が好きなのか、よくわかんなかったから、ドキドキしてたんだよね。
「お？　バスタオルまで入ってんじゃん！　気が利くな〜」
「あ、ちがうの。それはお店の人がサービスしてくれたんだ」
「へ〜、いい人だなぁ。その人」
　そう言いながら、緒川くんはバスタオルでゴシゴシと髪を拭いた。
　それを見ながら、あたしは砂の上に腰を下ろす。

「あ、お前、腹減ってねーか？」
「え、うん。大丈夫」
　……そういえば、今って何時なんだろう。
　あたしはポケットからスマホを取りだした。
　スマホのディスプレイを見ると、そこに表示されていた時間は……。
『PM3：18』
　ウソッ。もうそんな時間だったんだ。
　驚いていると、前の方からバサッという音が聞こえた。
　……え、まさか。
　いやいや、待て待て。そんなはずは……。
　でもたしかに、布が落ちたような音が……。
　おそるおそる、顔を上げずに目だけで音がした方を見てみると。
「ちょ！　なんで脱いでんの!?」
　そんなあたしの言葉に、驚いたような顔を見せた上半身裸の緒川くん。
「……脱がなきゃ、着替えられねぇだろ？」
「そりゃ、そうですけど……」
　平然と着替えの続きを行う彼の姿を見ると、焦った自分がバカらしく思えてくる。
　よく平気だな。あたし、一応女子なんですけど。
　そう思いながら、あたしは緒川くんから目線を逸らして、自分の足もとを見た。
　緒川くんって、付き合ってる子いるのかな。

いや、いたら他の女子とサボったりなんかしないか。
　……いやいや、あの性格だし。
　そういうことも気にしないんじゃ……。
「俺、付き合ってるヤツなんていないから」
　その言葉に、あたしは思わず顔を上げた。
　……エスパー？
　あたしの考えていたことが、なんでわかったのだろう。
　でも"なんで、考えていることわかったの？"なんて聞くのは、なんだか恥ずかしい。
　べつに、この人に彼女がいようが、浮気をしようが、あたしには関係ない。
　そう思うのに……。
『俺、付き合ってるヤツなんていないから』
　その言葉を聞いたとき、ホッとした自分がいたんだ。
「栗田は？」
「……え？」
「彼氏、いねーの？」
「……いないよ」
　ため息まじりで答えた。
　だって、興味なさそうに聞いてくるから。
　少し、ガッカリしてしまって。
　でも、彼の反応は、予想外のものだった。
「え！　そうなの!?」
　緒川くんは、もともと大きな目をさらに大きく見開いた。
「俺、てっきりいるんだと……」

「え……なんで……」
「なんでって……」
　なぜか、彼は照れくさそうな顔をしていて。
　でも、「は、腹減ったなー」なんて言って、はぐらかされてしまった。
　あんまり言いたくないのだろうか。
　なら、深く問うのはやめておこう。
　彼の照れくさそうな顔を見ていると、なんだかこっちまで恥ずかしくなって、それ以上聞けない。
　……そのとき。
　──ズキッ。
　……きた。
　脳の奥の方でうずくような、この痛み。
　昨日から薬を飲みはじめたのに、痛みは強くなっている気がする。
　でも、気のせいだと思いたい。
「栗田？」
　不思議そうな顔をして、緒川くんが言った。
「あ、ごめん。ちょっとボーッとしちゃって……」
「ふーん。お前でもボーッとするんだな」
　は……？
　なにこの人、あたしはボーッとしないとでも思ってたの？
「あたしだって、ボーッとすることもあるよ」
　あたしは彼をわざとらしくにらんだ。

緒川くんは、そんなあたしを見て、肩をすくめて笑った。
「だってお前、いっつも難しいこと考えてるのかと思ってたから」
「……なにそれ」
　　……って……あれ？
　　今、緒川くん、"いっつも"って言った？
　　ふいに、昨日のことを思いだした。
　　あたしと緒川くんが、初めて言葉を交わした日。
『……俺らって、あんましゃべったことないよな』
『栗田って、なんかおもしろいな！』
　　無邪気な笑顔で、話しかけてきて。
　　今朝は、あたしから泣き顔を見せたりもして。
　　今は、一緒にサボったりなんかして。
　　人見知りのあたしにしては、奇跡だ。
　　あたしが考えているうちに、彼はもう着替え終わっていた。
「あー！　腹減った！」
　　緒川くんは伸びをしながら、大声で叫んだ。
「あたし、なにか買ってくるよ。なにがいい？」
　　そう言いながら立とうとしたら、緒川くんに止められた。
「いいよ。俺行ってくるから」
「え、いいよ」
「いやいや、服まで買ってきてもらったんだからさ」
　　笑顔で言われてしまったら、なにも言えなくなる。
「……じゃあ、さ。一緒に行こうよ」

「え……」
　思いがけない言葉に、あたしは目を見開いた。
「なんだよ……イヤなのかよ」
　不機嫌そうな顔で、緒川くんは言う。
「いや、そんなんじゃ、ないけど……」
　なんであたしは、言葉を濁らせてしまったんだろう。
　でも、一緒に行こう、なんて考えていなかったから。
「ほら、行くぞ」
　そう言って、緒川くんはあたしに手を差しのべた。
　一瞬、躊躇したけど、あたしはその手をつかむ。
　すると、いとも簡単に立たされた。
　結構細い腕なのに、どこにそんな力があるんだろう。
「んー、コンビニってどこあるんだ？」
「あ、さっき服買いに行ったときにちょっと遠くに見えたから、場所はわかるよ」
「ほー、さすが」
「歩くけどいい？」
「あぁ」
　自転車で行ってもよかったのに、どちらもそれは言わずに、なんとなく歩くことにしたあたしたち。
　そして、他愛もない話をしながら15分ほど歩き、コンビニに着いた。
　……なにを買おうかな。
　緒川くんの方に目をやると、もうレジに向かっていた。
　え、早くない!?　なんでそんなにすぐ決められるの!?

あたしは急いで、梅のおにぎりとお茶を手に取る。
そしてレジに向かおうとしたら、緒川くんが、
「はい。貸して」
と、あたしの分を取って自分のと一緒に会計をしてくれた。
「お、お金、いいの？」
「ん？　あぁ、いらないよ」
「ありがとう……」
「さっきのお礼だよ」
そう言って、彼はニカッと笑った。
また少し、心臓が跳ねる。
コンビニを出ると、空がうっすらとオレンジ色に染まっていた。
この空が、好き。
浜辺に着くと、着たときとは違う海があった。
夕日に反射する、オレンジ色の海。
今、隣にクラスの人気者の緒川くんがいるなんて、なんか不思議。
その海に見惚れていると、ブレザーのポケットに入れていたスマホが震えた。
その規則的な振動が、あたしを現実へと引きもどす。
電話だ……。
出なきゃ、出なきゃいけない。
頭ではそう思うのに、体が抵抗する。
もしかして、あたしがサボっているのがバレて、お母さ

んが心配して電話くれたとか……？
　病気だって知らされた翌日に、学校をサボっているんだから、心配されるのは当たり前か……。
「……おい、大丈夫か？　顔、まっ青だぞ」
　彼の声に、体が飛びあがった。
「だ、大丈夫……。ちょっとごめん、電話……」
　緒川くんは気をつかってくれたのか、「あぁ」と言って、浜辺に下りていった。
　ドキドキしながらスマホを見ると、画面には『美歌』と表示されていた。
　はぁ、美歌か……。
　お母さんじゃなくてよかった……。
「……もしもし」
『麗紀⁉　ちょっと、今どこ‼』
　鼓膜が破れそうなほどの大きな声に、思わず耳からスマホを離した。
「み、美歌……ごめん」
『もう！　ずっといないんだもん‼　心配したんだから‼』
　半分泣いているような声で、美歌は怒る。
　そんな美歌に、あたしは「ごめん」としか言えなかった。
『麗紀、今どこいるの⁉』
「え……」
　美歌の言葉に、あたしは思わずまわりの景色を見わたす。
　目の前には、オレンジ色に染まった空と海。
「えっと……海……」

『は!?　う、海!?　な、なんで!?』
　大きな声に、また耳からスマホを離した。
「なんで、って……。なんでだろう」
『えぇ!?　なにそれ!』
　……だって、説明のしようがない。
"緒川くんと一緒に来ました"なんて言ったら、美歌はパニックになって、あたしにたくさん質問してくるはず。
　それは、正直言うと面倒だし、なんとなく恥ずかしい。
『はぁ……なんか力抜けた。元気ならよかった。麗紀がサボるなんて、めずらしいね。ましてや海なんて。……まぁ今日は部活なかったし、いっか』
「はは……。ごめんね、美歌」
『ううん、慣れてるし。麗紀はたまにぶっとんだことするからねー』
　得意げに笑いながら、美歌が言った。
　……ぶっとんだこと?
　あたし、そんなことしたことあったっけ?
　……ないない。
　今回は緒川くんに無理やり連れてこられたわけだし……。
『じゃあ、バイバイ!　親が心配する前に帰んなさいよー』
「はいはい。じゃあ、また明日ね」
　そう言って電話を切った。
　ふぅ、と短いため息をつく。
「おーい!　終わったかー!?」
　大きな声がした方に目をやると、海の近くに緒川くんが

いた。
「終わったよー!」
「よし! じゃあ、食おうぜー‼ 早くこっち来い!」
　うれしそうに叫ぶ緒川くんが、なんだかおもしろい。
「はい、お前の分」
　差しだされたビニール袋を、あたしは受けとった。
　そして、おにぎりを食べようとした瞬間。
「はい、手を合わせましょー!」
　という大きな声にびっくりして、あたしは思わずおにぎりを落としそうになった。
「きゅ、急になに⁉」
「小学生の頃とかさ、給食前にやったろ? "手を合わせましょー、いただきます!"ってヤツ」
　そう言って、緒川くんはパンッと手を合わせた。
「……やったけど……。それ、今やる?」
「いやー、なんかなつかしくなってさ。一緒にやろうぜっ。手を合わせましょー! ほら! 栗田もっ!」
　そう言う緒川くんを横目で見ながら、あたしはしぶしぶ、手を合わせた。
「いただきまーす!」
「……いただきます」
「はい! よくできましたー」
　そう言って、またニカッと笑う緒川くん。
　なんだか、全部この人のペースだな。
　そう思いながら、あたしはおにぎりを食べた。

ただのおにぎりなのに、とてもおいしく感じた。
　　理由は、きれいな海と夕日を眺めているからか、この人が隣にいるからか。
　　それとも両方なのか。
　　自分自身のことなのに、よくわからない。
　　でも、本当においしかったんだ。
「あー食った、食った。なんだか今日のメシはウマかったなー」
　　そう言いながら緒川くんは、「ごちそうさまでした」と言って手を合わせた。
　　緒川くんも、おいしいと思ってたんだ……。
　　なんとなくうれしい気持ちになりながら、あたしも同じように手を合わせる。
　　あ、そうだ。薬飲まなきゃ。
　　あたしはカバンから、薬を出した。
「あ？　なんだそれ。お前、どっかわりぃのか？」
　　ギクリ。
　　あ〜……失敗した。このタイミングで薬を飲もうなんて思わなきゃよかった。
　　でも、ここで飲まずにしまうのも変だし……。
「えーと……ダイエットのヤツ？」
　　あたしは目を泳がせないよう、気をつけながら言う。
「はぁ？　お前、ダイエットしなくたって十分細いだろ。それ以上痩せたら骨になんぞ」
「……なりませんよ」

あっさりとあたしのウソを信じた緒川くんに、少しの安心と少しの罪悪感を感じた。
　いや、これでいいんだ。
　これで……いいんだ。
　そう自分に言い聞かせて、あたしは薬を飲んだ。
「あ〜、なんか帰りたくねぇなー」
　そう言って、緒川くんは砂の上に仰向けに倒れこむ。
「なに言ってんの。帰らなきゃダメでしょ」
　本当はこんなこと、思ってない。
　あたしだって、帰りたくない。
　治療とか、そんなのしたくない。
　でも、それが現実なんだ。
「あーあ。じゃあ帰りますか」
「……うん」
　緒川くんは起きあがって歩きだした。
　そしてあたしも、緒川くんについていった。
「ほら、乗れって」
　そう言って、緒川くんは自転車のうしろを指さす。
「あたし乗せてあの坂は、キツいでしょ」
　下りならまだしも、上りはキツすぎる。
「いや、帰りは違う道で帰るから、あの坂は通らねぇよ」
「えぇ!?　違う道があったの!?」
　当たり前のように「うん」と答えた緒川くん。
　違う道があったのなら、行きもその道で来ればよかったのに……。

でも、この人はきっと怖がるあたしをおもしろがって、わざとあの急な坂道を選んだんだろう。
　もう、責める気も起きないけど。
「ほら、だから乗れって」
「……お願いします」
　あたしはとまどいながらも、緒川くんのうしろに座った。
「じゃ、行くぞー」
　そう言って、彼はゆっくりとペダルを漕いだ。
　ふわりと、冷たい風が肌をなでる。
「なぁ」
「ん？」
　朝とは違い、叫ばなくても会話ができた。
「なんかあったら、言えよー」
「……え？」
「だからー、悩みとか、俺に言えー！」
　な、んで……。
　なんで、そんなこと言うの？
　あなたの言葉は、スッと胸に溶けこんでくる。
　あなたはそう言ってくれるけど……。
　きっと、あたしの悩みをあなたに話しては、いけない。
「気が向いたら、話しますー！」
「おーう！」
　彼の背中が、とても温かくて。
　泣きそうになったけど、冷たい風が涙を乾かしてくれた。
　あたしは、絶対に今日のことを忘れない。

死んでも、絶対忘れない。

「あ、もうここでいいよ」
「んあ？　そうか？」
「うん」
　家の少し手前で、あたしは自転車から降りた。
「にしても、今日は楽しかったな」
　ニカッと笑う彼に、あたしもつられて笑う。
「風邪、引かないようにね」
「おう。栗田もな」
「あたしは大丈夫だよ」
「そっか」
　短く言ったあとに、緒川くんはなにか思いだしたようにカバンをあさりはじめた。
　そして、そのカバンから小さなメモ用紙とボールペンを取りだして、急いでなにかを書いた。
「よし！　これでオッケー！」
　そう言って、緒川くんはあたしにメモ用紙を差しだす。
　あたしはそれを受けとって、紙を開いた。
　書かれていたのは、11桁の数字。
「なにこれ？」
「なにこれ、って……。見たらわかるだろ。俺の番号」
「……わかんなかった」
　なんでだよ、とまた彼は笑った。
「なんかあったら、俺に連絡しろ。どこにいても、いつで

も駆けつける」
　ドラマのセリフのような言葉をさらりと言った彼に、笑いがこみあげてきた。
「はは。イタズラ電話するかもね」
「べつにいいよ」
　低く、落ちついた声で言うから、驚いてしまう。
「ま、なんかあったら電話しろよ。メッセージでもいいし」
　そう言って、彼は帰っていった。
　……本当に、なんだったんだろう。
　朝から夕方まで、学校で過ごす日とは全然違って、今日はたくさんのことがあった。
　それなのに、すごくあっという間だった気がする。
「……麗紀？」
　背後から、聞き慣れた声が聞こえた。
「お母さん……」
「麗紀……おかえりなさい」
　おだやかな顔つきを見ると、学校をサボったことはバレてないみたい。
　よかった……。
　緒川くんの友達が、先生にうまく言ってくれたのかな。
　お母さんは、両手に大きな荷物を持っていた。
　小柄で痩せているから、大きな荷物がさらに大きく見える。
「持つよ。貸して、荷物」
「あ、いいのよ。二の腕ダイエットよ」

「二の腕……。いいから、片方だけでも」
「そう……？」
　お母さんは少し申し訳なさそうに言って、あたしに荷物を渡した。
　お、重い……。
　さっきまで、こんなに重いものをふたつも軽々持っていたなんて……。
　主婦ってさすがだ。
「あ、お母さん。今日の夕飯ってなに？」
　あたしはいつも、お母さんに今日の夕飯がなにか聞く。
「今日はねー、麗紀の好きなシチューなのよ」
　得意げに笑って、お母さんが言った。
　あたしは昔からシチューが大好き。
　カレーよりも、シチュー。
　辛いのは昔から苦手だったから。
「あたし、お母さんが作るシチューが一番好きなんだよねぇ」
「ふふ。今度、作り方教えるわね」
「あたしに作れるかなー」
「作れるわよ。私の娘なんだから」
　他愛もない話をしていたら、家に着いた。
「ただいまー」
「あ、麗紀。手洗いうがいしなさいよー」
「はーい」
　洗面所に行って、手を洗う。

そのとき、さっきまで笑っていたお母さんが、真剣な顔をして来た。
「……麗紀」
「んー、なに？」
「やっぱり学校の先生には言っておこうと思うの」
「…………」
　それは必然的に、部活の顧問である山ちゃんの耳にも、その話が入ってしまうということだ。
　そんなことになったら、あたしは冬コンに出られないかもしれない。
"体調が心配だから"という理由で、あたしはコンクールメンバーから外されるかもしれない。
　それだけは、イヤだ。
　今度の冬コンが、あたしにとって、人生最後のコンクールになってしまったから。
「……その、もしも学校で倒れたりしたら……」
　お母さんが申し訳なさそうに言う。
　きっと、お母さんはあたし以上に不安なんだよね……。
　学校にいる間に倒れてしまったら、なんて、あたしだって考えたくない。
　それでも、いつなにが起きるかわからない。
　……山ちゃんには、どうしても冬コンに出たいって、直接言うことにしよう。
「わかった……。でも、先生に"クラスのみんなには言わないで"って言っておいて。これだけはお願い……」

最後の方は、なんだか声が震えてしまった。
「……ありがとうね、麗紀」
　お母さんは「夕飯の支度するわね」と続けて、洗面所を出ていった。
「学校で、倒れる。か……」
　ぼそりとつぶやく。
　薬で、腫瘍の進行を抑えてるっていっても……きっと今こうしているときも、腫瘍はあたしの頭で徐々に大きくなっていっている。
　蛇口をしめて顔を上げると、いつもどおりのあたしの姿が鏡に写っていた。
　外から見れば、全然わからないのに……。
「はぁ……」
　さっきまで緒川くんと海にいたことが夢だったかのように、急に現実を思い知らされた感じがする。
　ふと、帰り際にもらった紙をポケットから取りだした。
　……字、結構きれいだな。
　あたしは、紙に書いてある11桁の番号をスマホに打ちこむ。なんでだろう。
　一文字、一文字、打ちこんでいくたびに心臓がドキドキするのは。
　連絡先に、新しい名前が加わった。
　あたしは、この瞬間が好きだったりする。
　……また、新しい人とつながれた気がするから。
　なのに、このときあたしは、"怖い"と思った。

あと半年しか生きられないあたしが、新しい人とかかわっていいのか。
そう思ったら、全身からサァッと血の気が引いていく。
一瞬、脳が考えることをやめたみたいに。
なにもかもが、わからなくなった。
「……麗紀？」
「え……、あ……」
お母さんに呼ばれ、ガシャン、とスマホを落としてしまった。
焦りながら、あたしはそれを拾う。
「な、なにお母さん……」
「ジャガイモ切るの、手伝ってもらおうと思って……。ちょっとあなた、顔色悪いわよ？　横になる？　もしかして、頭痛いの……!?」
お母さんに思いきり肩をつかまれたから、バランスを崩しそうになった。
「だ、大丈夫……。ちょっと、疲れただけ……」
「そう……。麗紀、お母さんはね……たとえ後遺症が出たとしても、手術した方がいいんじゃないかと思うの」
手術……。
それがもし成功したら、あたしはもっと長く生きられるかもしれない。
だとしても……今手術したら、後遺症やリハビリで、あたしは冬コンに出られなくなる。
それに……もし、成功しなかったら……？

「あたし、手術はしたくない……。するとしても、もうちょっと待ってて……」
「…………」
　お母さんは納得していない様子だったけど、それ以上はなにも言わなかった。
「……あまり、無理しちゃダメよ……。今日は早く寝なさいね」
「う、うん。ちょっと待ってて。すぐ台所行くから……」
　お母さんは、心配そうな顔をして戻っていった。
「……はぁ」
　頭がズキズキと痛む。
　あまり、考えるのはやめよう。
　いろいろ考えると、押しつぶされそうになってしまう。
　あたしは頭を振って、台所へ向かった。
　ほんのりといい香りがする。
「お母さん。あたし、なにすればいい？」
「あ、そうね……。ジャガイモはもう終わったから……鍋の中の具を混ぜててくれる？」
「うん、わかった」
　お母さんは、昨日までと変わらずに接してくれている。
　でも、さっきの態度を見ると、あたしの体調に関しては、すごく敏感になっていた。
　もともと、心配性のお母さんだから……。
　これ以上、心配かけちゃいけない。
「ふぅ、もうお腹いっぱい……。ごちそう様でした」

そう言って、あたしは普段どおりご飯を食べ終えた。
　お父さんはいつも仕事で帰りが遅いから、お母さんとふたりで夕飯を食べている。
「あ、麗紀。薬忘れないで」
「うん」
　あたしは薬を飲んだあと、部屋に戻った。
　……さっき、考えるのはやめようって思ったけど、イヤでも考えてしまう。
　自分の"死"のことを。
「あーっ、もう！」
　思いきり、ベッドに倒れこんだ。
　あたし……昼間は緒川くんと一緒にいて、なぜか自然に笑えてたみたいだけど。
　さっきお母さんと話していて、あらためて感じた。
　笑いたいのに、笑えない。
　頭の中に、常に病気のことが浮かんできてしまう。
　こんなのが、これから毎日続くなんて、耐えられない。
　人はいつか死ぬ。
　この世の生き物に、平等に与えられたのは、死だけ。
　でも、その瞬間は、みんなバラバラだ。
　あたしはただ、それが……死ぬことが、みんなより少し早いだけ。
　ただ……それだけ……。
「……うっ……イヤだ、やだよ……」
　イヤだ。

死にたくない。
あたしは、まだ死にたくない。
保育園の頃、みんなに将来の夢を話すという発表会があった。
男の子はなんとかレンジャーだとか、消防士とか……。
女の子はお花屋さんとか、ケーキ屋さんとか、お嫁さんとか……。
みんなが決める中、あたしだけ、決められなかった。
あたしだけ、夢を持ってなかった。
でも今は、まったくなにも思い浮かばなかったあの頃とは違う。
このくらいの歳になれば、いろいろこれからのことを考えたり、調べたりもする。
はっきりした夢はなくても、大学に行くのかとか、就職するとか……。
あたしなりに、いろいろ考えてきた。
なのに、もうその必要はない。
あたしは、半年しか生きられないんだから。
高校を卒業することも、できないんだから。
「……うぅっ、うっ……」
ダメ、聞こえちゃう。
泣いてるって、バレちゃう。
顔を枕にうずめながら、泣いた。
ダメだ。
頭がガンガンする……。

「麗紀ー！　お風呂入んなさーい！」
　１階から、お母さんの声が聞こえてきた。
「は、はーい！　すぐ行くー！」
　すごい鼻声だったけど、気づいてないよね。
　行かなきゃ。
　ここで部屋から出なかったら、変だと思われる。
　あたしは顔が見えないように、少し俯いて部屋を出た。
　ちょうどそのとき、お父さんが帰ってきた。
「あら、あなた。おかえりなさい」
「あぁ、ただいま」
　玄関の方から、ふたりのそんな会話が聞こえる。
　あたしもお父さんに「おかえり」と言おうと、階段を下りようとした。
　でも……。
「……麗紀は、……大丈夫だったか？」
　ピタリと、足が止まった。
「えぇ、……大丈夫よ」
「そうか……」
　小さい声で、お父さんとお母さんが話してる。
　……できれば今のは、聞きたくなかったなぁ。
　少し顔を俯かせて、キュッと唇を噛む。
　苦しんでいるのは、あたしだけじゃない。
　お父さんもお母さんも、苦しんでる。
　……あたしが、苦しめている。
　あたしは勢いよく階段を下りた。

お父さんに「おかえり」の言葉も言わずに、洗面所に入る。
　ダメだ。また、泣いてしまう。
　服を脱ぎ捨てて、お風呂場に入る。
　キュッとシャワーの蛇口をひねると、冷たい水が体を濡らした。
　寒い、冷たい。
「……う……」
　ザァッという水の音が、あたしの嗚咽を聞こえなくしてくれる。
　これなら、泣いてるって、バレないかな……。
「……う、ううっ……うっ」
　水と一緒に、涙が流れていく。
　その冷たさが、肌と一緒に、あたしの心を刺した。

疑い

　シャワーから上がって、洗面所に置いてあるドライヤーで髪を乾かした。
　濡れた髪が、首にまとわりつく。
　さすがに、寒い。
　秋に水シャワーは、まずかった……。
　風邪、引くかも……。
　そう思ったとき、ふと、緒川くんのことを思いだした。
　そういえば、あの人は今日海に入ってたんだよね。
　……頭までビショビショにして。
　あたしより、緒川くんの方が風邪引いちゃうんじゃないかな……。
　そんなことを思いながらリビングに行くと、お父さんがご飯を食べていた。
「お、おお。麗紀、ただいま」
　シチューをスプーンですくいながら、お父さんが笑って言った。
「おかえり」
　あたしはそうひと言だけ残して、2階に上がる。
　あたし、笑えてた……？
　いつもみたいに、「おかえり」って言えてた？
　胸が、締めつけられるように、痛い。
　……今日は、いったいなんなの。

あんなに楽しかったのに、どうして今は、こんなにつらいの。
　あたしは重い足を引きずりながら、部屋のドアノブに手をかけた。
　――バタンッ。
「……はぁ……」
　ドアに背を預けたまま、その場にしゃがみこむ。
　悔しい。
　悲しい。
　つらい。
　怖い。
　苦しい。
　そんな感情が入りまじって、吐き気がする。
　どこかで、考えてしまう。
"どうして、あたしなの"
　……どうしてあたしが、病気にならなくちゃいけないの？
　そんなのは、誰にもわからない。
　誰だって、病気になっていい人なんていない。
　誰も、悪くない。
　そう、誰も悪くない。
　あたしは、モヤモヤしたこの気持ちをどこかに捨てたくて、部屋の窓を思いきり開けた。
「……わ……」
　その瞬間、鼻にツンとくる冷たい風が部屋に入ってきた。

窓から身を乗りだして、空を見る。

キラキラした星が、暗い夜空に散らばっている。

大きな空を見ると、あたしの悩みなんて、一瞬どうでもよく思えてくる。

『こんなちっぽけなことで、悩んでんじゃないよ』

って、思える。

あたしが美歌なら、そう思って素直に笑えたかもしれない。

だけど、あたしの器はそんなに大きくない。

ポジティブ思考かネガティブ思考か、って言われたら、あたしはネガティブ思考な方だ。

だから、ポジティブな美歌がうらやましい。

うらやましいというか、美歌は、あたしを引っぱっていってくれるから。

あたしには思いつかないような、素敵な言葉を美歌はくれるから。

美歌のそんなところは、あたしの憧れなんだ。

でもその分、美歌はウソがつけない。

笑ってしまうほど、素直だ。

だから、そんな美歌にウソをついていると思うと、余計つらい。

だけど……傷つけてしまうのは、もっとつらい。

今までは、美歌があたしになんでも話してくれたから、あたしも美歌になんでも話してきた。

楽しかったこと、つらかったこと、悩みごと……。

でも、これだけは、話しちゃいけない。
苦しくても、悲しくても……。
あたしは窓を閉めた。
それと一緒に、心も閉ざしてしまおう。
美歌と、今まで以上深くかかわるのはやめよう。
そうじゃないと、あたしが狂ってしまう。
──ピンポーン。
誰か、来た？
まぁ、お母さんが出るだろう。
「ちょっと、麗紀ー！　美歌ちゃんよー！」
　え、美歌⁉
　あたしは部屋を飛びだして、階段を下りた。
「み、美歌⁉　どうしたの⁉」
　思わず、大きな声を出してしまった。
「あ、麗紀……」
　なぜか、申し訳なさそうな顔をする美歌。
「あの、ちょっと……話せる？」
「え、あ、うん……」
　……ただの軽い話なら、電話かメッセージで済む。
　なのに、なんでわざわざ家に？
　なんの、話だろう……？
「じゃあ、ちょっと上着来てくるね」
　あたしは美歌にそう言って、部屋にコートを取りにいった。
　コートを着て、部屋を出たとき、ちょうどお母さんと出

くわしてしまった。
「あら、どこか行くの？」
　たたんだ洗濯物を運びながら、お母さんが言う。
「あ、うん。ちょっと外で美歌と話してくる……」
「そう……気をつけるのよ」
「うん」
　玄関を出ると、美歌がいた。
「……美歌、話ってなに？」
　なぜか、心臓が暴れてる。
　もしかして、美歌はカンづいた？
「……ちょっと、歩こうか」
　そう言って、美歌は歩きだした。
　あたしもそれについていく。
　美歌、なんか様子がおかしくない？
　いつもは、ピョンピョン飛びはねてはしゃいでるのに、今はなんだか、すごく静か……。
　なにも話さずただ歩いて、着いた場所は家の近くの土手。
　ここは、あたしの通学路だ。
　美歌はその土手の、芝生のところに座った。
「……美歌？」
　なんで、しゃべらないの？
「麗紀……、あたしになにか、隠してる？」
　──ドクンッ。
　体が揺れたんじゃないかってくらい、心臓が跳ねた。
　やっぱり、美歌はカンづいてる。

……いや、突然学校で倒れたら、誰もが"病気なんじゃないか"と思うかもしれない。
　それに、美歌はあたしの親友。
　なんでも話してきた仲だから……。
　少しの変化に気づいたって、おかしくない。
　あたしは美歌に、ウソはつけないんだ。
　でも……いつかはバレてしまうとしても、あたしは美歌にウソをつく。
　これは、あたしの……ワガママ。
「……なんにも隠してないよ。今までだって、あたしたちなんでも話してきた仲でしょ？」
　あたしは、ただまっすぐ、きれいな星を見ながら言った。
　上を向いていなきゃ、涙がこぼれてしまいそうになる。
「……そ、そっか。そうだよね!!　あたし、なに言っちゃってるんだろうね！」
　そう言いながら、美歌はスッと立ちあがって、グーッと伸びをした。
「ごめんね、美歌」
　小さなうしろ姿に、そうつぶやいた。
　美歌は驚いたような顔をして振りかえる。
　でも、すぐにいつもの笑顔に戻った。
　……これは、美歌のクセ。
　悲しいときとか、不安なときとかに、美歌はその感情を隠すように笑顔になる。
　だからきっと美歌は今、悲しいんだと思う。

あたしがなにか隠していることに気づいてるから……。
「そんな！　あたしこそ、疑ってごめんね！　さ、帰ろ！　あ～寒い!!」
　美歌は腕をさすりながら、前に向き直って歩きだした。
「あ、そうだ！　あのね、今日、麗紀いなかったでしょ？」
「え、あ、うん」
　そうだ、あたし今日学校をサボったんだった。
「でね、和也くんもいなかったんだよ！」
　──ギクッ。
　驚いたせいか、なぜか手に力が入った。
「へ、へぇ～、そうなんだ……。偶然だね」
「ね！　ふたり、気が合うんじゃない？」
　そう言いながら、美歌はイタズラっ子みたいな顔をして、再びこっちを振りかえる。
「な、なに言ってんの!?」
「あはは、冗談だよ！　冗談！」
　そう言って美歌は、ケラケラ笑った。
　まったく……人をおちょくって……。
　美歌が一歩踏みだすたびに、頭のてっぺんにあるお団子がフワフワ揺れる。
　あたしはそのお団子を、ムギュッと手で包んだ。
「ちょ、麗紀ー！　お団子がー!!」
　そう言いながら美歌は、あたしの腕をつかんだ。
「あたしのことからかったから、お返しー」
「ぎゃー！　ごめん！　ごめんなさい～～!!」

「よろしい」
　そう言って、あたしは美歌のお団子から手を離す。
　……やっぱり、いつまでも美歌とこうしていたい。
「あ、あたしこっちだから！」
　そうだった。
　美歌の家は土手の坂を下りて、すぐ右にあるんだった。
　最近、遊びにいってないなぁ。
「麗紀！　今度家に遊びにきてね！」
「あ、……うん！」
　考えていたことを言われたから、びっくりして返事がおかしくなってしまった。
「じゃあね！　また明日‼」
「うん、気をつけてねー」
　そう言って、美歌と別れた。

　帰り道で、空を見上げた。
　月に雲がかかってなくて、まぶしい。
"月にはうさぎが住んでいる"
　なんていう話を聞いたことがある。
　子どもの頃は、そんな夢のような話を信じていたときもあった。
　あの頃は幸せだった。
　現実に押しつぶされそうになるなんて、全然なかった。
　でも、あるとき、テレビで"月には、生物はなにもいない"と聞いてしまった。

戻れるものなら……夢のような話を信じられたあの頃に、戻りたい。
「……うっ」
　ずっと上を向いていたせいか、グラリと視界が歪んだ。
「……っ……」
　あたしは思わず、その場にしゃがみこむ。
　それでも、目眩が治まらない。
　おまけに吐き気までしてきた。
　大丈夫、大丈夫……。
　じっとしていれば、治る。
「……う、……はぁっ、はぁ……」
　あたしはフラつきながら、立ちあがった。
　早く、帰ろう。
　重い足を引きずりながら、帰り道を歩いた。

連れてって

「……麗紀⁉　どうしたの‼　具合悪いの⁉」
　やっとの思いで家についたあたしは、玄関でうずくまった。
　頭が痛い。
　視界がかすむ。
　吐き気がする。
　体が、言うことを聞いてくれない。
「あ、あなた！　麗紀が……‼」
「だ、いじょうぶ……だから……」
　喉が渇いて、声が出ない。
「待ってろ！　今、救急車呼ぶから‼」
　やめて、行きたくない。
　あたしを連れていかないで……！
「……やめて‼」
　今残っている力を振りしぼって、叫んだ。
　ちゃんと、声が出た。
　でも、裂けるような痛みが喉を襲う。
「大丈夫、だから……」
　あたしの言葉をよそに、お父さんはすでに受話器を握りしめていた。
「……ダメよ！　今、大丈夫だったとしても、もしものことがあったら……‼」

お母さんは、あたしの手を強く握りしめながら言う。
　もしものこと……って？
　それって、
"あたしが死ぬかもしれない"
　ってこと？
「……わかった。……麗紀がそう言うなら、大丈夫だろう」
　だけど、お父さんはそう言って、受話器を置いた。
「あなた……!!」
「大丈夫だ。……そうだろ？　麗紀……」
　あたしは、声が出ない代わりに、力強く頷いた。
「そ……そんな、……麗紀は、がんばりすぎなのよ……」
　そう言ってお母さんは、両手で顔を覆った。
　ごめんね、お母さん。
　あたしはフラつきながら、階段を上った。
　うしろでは、お母さんのすすり泣く声がする。
　あたしはそれを聞こえないフリをして、部屋に戻った。
　——ガチャン。
　ドアを閉める音が、やたら頭に響いた。
　あたし、どんどん最低な人間になってない？
　美歌にウソついて……。
　お母さんが心配性だってことも、知ってるのに……。
　あたしは、まわりにいる人たちを、傷つけてる。
　こんな最低な人間で、全部あたしが悪いのに、止めどなく涙があふれる。
　目をかたく閉じても、濡れた頬を何度も拭っても、涙は

流れ続ける。
　こんな涙、枯れてしまえばいいのに。
　あたしは涙を拭いながら、ベッドの方へと足を動かした。
　あたしの足は、こんなにも重かったっけ？
　重りがついているような両足を、ズルズルを引きずる。
「……っ……」
　あたしはそのまま、ベッドに倒れこんだ。
　横になっても、足についた重りは外れない。
　あたしはこれ以上、頬を濡らしたくなくて、枕に顔をうずめた。
　ベッドに着いた安心感からかわからないけど、急に睡魔が襲ってきた。
　徐々に意識が遠のく。
　そのとき、薄れゆく意識の中で。
　なぜかあたしは、緒川くんのまぶしい笑顔を思いだした。
『どこにいても、いつでも駆けつける』
　その笑顔とは真逆の、真剣で低い声が、まだ耳に残ってる。
　会いたい。今すぐ。
　会って、あのまぶしい笑顔で、"大丈夫"って言ってほしい。
　そしたら、この涙も、止まる気がするから……。
　あたしはベッドの上に転がっていたスマホに手を伸ばした。
　でも、途中でその手を止めた。

……やめよ……。
　声は聞きたいけど、その声を聞いてしまったら、あたしはすべてを話してしまう……。
　そう思ったあたしは、布団にもぐって、眠りについた。

　――ガチャッ。
　今の時間は、朝6時半。
　ひと晩寝たことで、体調は落ちついていた。
　お母さんはキッチンにいて、お父さんはまだ起きていない。
　あたしはふたりに見つからないよう、いつもより早く家を出た。
　昨日以上に寒かったから、コートを着て。
　あたりは霧がかかっていて、遠くが見えない。
　学校に着いた頃には、霧のせいで少し前髪が濡れていた。
　こんな朝早くに学校が開いているか不安だったけど、運よく開いていた。
　あたしは靴を履き替えて、屋上に向かう。
　重い扉を開けると、さっきよりは霧が薄くなっていた。
　冷たいフェンスに、手をかける。
　湿気を含んだ風が、あたしの髪をなでた。
　もう、髪が広がっちゃうじゃない。
　そういえば、昨日もここに来たんだよね。
　……なんでだろう。
　昨日のことを思いだすと、なつかしく感じるのは。

はるか昔の出来事だったみたいに思えるのは。
あたしはカバンから、スマホを取りだした。
そして、連絡先から、彼の名前を探す。
【緒川くん】
あった。
……よかった……。
名前を確認したあたしは、スマホをポケットにしまう。
ふいに、空を見上げた。
……鳥だ。
きっと、昨日も飛んでいた鳥だろう。
こんなあたしを嘲笑うかのように、飛んでいる。
その大きな翼で、大きな空を、優雅に飛んでる。
……連れてって。
病院なんかじゃなくて……。
もう、誰も知らないところに、あたしを連れていってよ。
フェンスの網に、足をかける。
このフェンスを乗り越えれば。
……ラクに、なれる？
――ガシャンッ。
案外、簡単に乗り越えられるんだ……。
そりゃそうか。
このフェンス、腰より少し高いくらいだし。
……あとは、一歩踏みだすだけ……。
あたしは目をつむって、踏みだそうとした。
そのとき……。

──〜♪〜♪
　ポケットから、着信音が聞こえた。
　……誰？
　スマホを取りだし、ディスプレイを見ると、お母さんからの電話だった。
　きっと、起こそうとしたらあたしがいなくて驚いたんだろう。
　ごめんね、お母さん。
　あたしはこの電話に出ることは、できない。
　そう思った瞬間、手からスマホが滑り落ちた。
　屋上から、はるか遠い地面に向かって。
　もう、終わりだ……。
　風が、あたしの背中を押した。
　……そのとき。
「うわっ‼」
　え……。
　……まさか、ウソでしょう？
「んだよ、これ‼」
　よく通る、低い声。
　遠い距離なのに、耳に届くような……。
　あたしは声の主を確認するために、下を向いた。
　落としたスマホがかすったのか、後頭部をさすりながら、彼は上を見ている。
　目が、合った。
　その瞬間、彼の表情が曇った。

「……栗、田？」
 はっきりとは聞こえなかったけど、そう言ったんだと思う。
 大きく目を見開いて、彼はまっ青になった。
「な、なにやってんだよ!!　やめろ！」
 そんなに大きな声で叫ばないで。
 あなたの声は、あたしの胸に大きく響くから。
 その響きで、心が動揺してしまうから……。
 ふぅ、と小さくため息をついた。
 自分を落ちつけるために。
 それと同時に、空を見上げる。
 まだ、あの鳥が飛んでる……。
 生まれ変わったら、あなたみたいに、大きな翼で飛べるかな。
 今度こそ、終わりにしよう。
 お父さん、お母さん、ごめんね。
 美歌、ごめんね。
 緒川くん、……ありがとう。
 一筋の涙が頬を伝う。
 一歩、踏みだそうとした。
 でも……。
「……栗田!!」
「きゃ……」
 視界が、ぐらりと歪んだ。
 そして、体が、ふわりと浮かぶ。

──ドサッ。
　あたしはフェンスを乗り越え、コンクリートの上に倒れこんだ。
「はぁっ……はぁ……‼」
　頭上から、荒い息づかいが聞こえる。
「お、がわ、くん……」
　もう、ホントに、勘弁して……。
　あたしを、助けないでよ。
「お前……！　なに考えてんだよ‼」
　そう言いながら、緒川くんはあたしの肩を揺すった。
　ぼんやりした頭で、あたしがどうやって助かったのか考えた。
　あぁ、そうか。
　緒川くんが、あたしの体を持ちあげてくれたんだ。
　この細い腕で……。
　そう思いながら、あたしは緒川くんの腕に触れる。
「……栗田……？」
　さっきまで声を荒げていた彼が、急に小さく言った。
　その理由はきっと、あたしがボロボロ泣きだしたから。
　あなたの前だと、絡まっていた糸が、すぐに元通りになる。
　またあたしは、あなたの前で泣くんだ……。
　さっきまで死のうとしていたのに、今になって"死"が怖くなる。
　熱い涙がこみあげるのに、心は恐怖で震えだす。

「怖い……っ！　怖い！」
　あたしは頭を抱えながら、そう叫んだ。
　そんなあたしを、緒川くんは、意味がわからない、という顔で見てる。
　……うん。
　あたしも、意味がわからない。
　もう、なにもかも。
　絡まっていた糸がほどけた瞬間、あたしのなにかが壊れた。
「怖い……っ、死ぬのが、怖い……！」
　手で髪をぐしゃぐしゃにして、頭を抱えて言う。
　目をかたくつむって、耳を塞いで。
　まっ暗で、なにも聞こえない世界に行きたかった。
　なにも考えずに、いたかった。
　この頭の中にある塊を、忘れたかった。
「……栗田……」
　小さくつぶやきながら、彼があたしの手に触れる。
　その瞬間、体がそれを拒否した。
「……触らないでっ‼」
　なにも知らないくせに。
　いきなり、あたしの人生に入りこんで。
　あたしの心に、入りこんで。
　いつも、笑っていて。
　あなたなんかに、あたしの気持ちがわかるわけない。
　もう、あたしにかかわってこないでよ。

「……ごめん……」
　そう言って彼は、あたしから離れる。
　そしてそのまま、出口へと向かっていった。
　これで、よかった。
　あなたにあたしは必要ない。
　あたしにも、あなたは必要ない。
　一瞬でも重なってしまったふたりの道だけど、すぐにまた分かれた。
　——ガシャン。
　重い扉が閉められる。
　この音が、あたしたちの関係を終わらせた。
　あたしはただ、ボーッと空を眺めていた。
　あの鳥……まだ飛んでるの？
　翼を休めることなく、あたしに自由を見せつけるかのように飛ぶ鳥。
　ねぇ、助けてよ。あたしのこと。
　この頭の中にある塊、取ってよ。
　——ズキンッ。
「……っ……」
　あぁ、そういえば朝、薬を飲み忘れた。
　だから、昨日より痛みが強いの？
　——ズキン、ズキンッ……。
　誰か、助けて。
『悩みとか、俺に言え』
　あなたは、そう言ったよね。

……じゃあ言うけど、あたしを助けてよ。
　そんなこと言われたって、あなたはどうせなにもできないでしょ……？
　──ギィッ。
　重い扉の音が頭に響いた。
「栗田……」
　上に向けていた顔を、正面に戻した。
「これ、お前のだろ？」
　そう言って前に差しだされたのは、あたしが落としたスマホ。
　あたしは黙って、それを受けとった。
　緒川くんの後頭部をかすって、そのまま背負っていたリュックがクッションになったおかげで、奇跡的に画面に傷ひとつついていない。
「もう、落とすなよ」
　彼はそう言って、あたしの頭をなでようとした。
　でも、触れる寸前に、なにかを思いだしたように手を引っこめた。
　きっと、あたしが触らないでと言ったから……。
　あたしは、本当に最低な人間だ。
　触るな、と言ったのは自分なのに……。
　どうしてこんなにも、あなたに触れられないことが、悲しいの。
　どうして、触れてほしいなんて、思ってるの。
　彼はあたしに背を向けて、扉の方へ歩いていった。

「……緒川くんっ……‼」
　こんな声、出したことない。
　こんな、すがるような声。
　彼は足を止めて、こちらに振り返った。
　どうしよう、なにか、言わなきゃ。
　でも、言葉が見つからない。
　今この状況で、あたしは彼になんて伝えればいいのか。
　ごめんなさいって、謝る？
　ありがとうって、お礼を言う？
　それとも……。
「お前は、死なないよ」
「……え？」
　一瞬、空耳かと思った。
「栗田は絶対に、死なない」
　ボロッと、あたしの目から涙がこぼれた。
　この言葉が、一番欲しかった。
　あの日から、病院の先生に『余命半年』と言われたときから……あたしの未来は、まっ暗になって。
　お父さんもお母さんも、病気のあたしに気をつかって。
　もう、半年後に死ぬことが、決定してしまったみたいで。
　誰もあたしに、「あなたは死なない」という言葉をかけてくれなかった。
　希望の光なんて、なかった。
　でも今、一瞬、たしかに、光が見えた気がした。
　雲の隙間からのぞいた、細い太陽の光のような。

「……ったく。はい、これ」
　そう言って、緒川くんはあたしにタオルを渡した。
「え……あ、ありがとう」
「じゃ、……今日は朝練行けよ」
　そう言って、緒川くんは校舎へ戻っていった。
　渡されたタオルは、薄いオレンジ色。
　なんでだろう……。このタオルを見てるだけで、こんなにも涙が出てくるのは……。
　あたしはそのタオルを顔に押しあてた。
　温かい……。
　彼の匂いが、ほんのり鼻をくすぐる。
"死なない"
　あたしは、こんな希望を、持っていいのだろうか。
　半年後、あたしは生きてる、という未来を願ってもいいのだろうか。
　——バサッ。
　……ん？
　あたしの背後で、妙な音がした。
　少し怖かったけど、振り向いてみる。
「……な、なんで……」
　あたしのうしろには、ピンク色のコスモスの花が一輪、置いてあった。
　そして、そのうしろのフェンスには、さっきまで優雅に空を飛んでいた鳥が止まっていた。
　いつも、あたしを嘲笑っているかのように見えていた鳥。

本当に、大きい……。
　近づこうと、立ちあがる。
　でもその瞬間、鳥はバサッと大きな羽を広げて、あたしの目の前から飛びたった。
「え、ちょ……‼」
　あたしがフェンスに手をかけたときにはもう、鳥は大きな羽を使って空を飛んでいた。
「…………」
　なんだったんだ、今の。
　もしかして、夢？
　……でもたしかに、コスモスの花が一輪置いてある。
　あたしはそのコスモスを手に取った。
　……あの鳥が持ってきてくれたんだろうか……。
　いやいや、そんなドラマみたいなこと、ないでしょ。
　でもじゃあ、なんでここに、コスモスが？
「…………」
　考えても、わかんないか……。
　でも、すごくきれい。
　あたしはタオルの上にコスモスの花を置いた。
　薄いオレンジ色の上に、濃いピンク色がよく映える。
　どうしよう……。
　花は、教室に持っていけない……。
　考えた挙句、調理室のコップに水を入れて、そこに花を挿した。
　このまま、屋上に置いておこう。

きっと今日は、雨は降らないと思うから……。
そして、緒川くんから貸してもらったオレンジ色のタオルは、カバンの中にしまった。
「よし……」
あたしは屋上の隅(すみ)に花を置いて、音楽室へと向かった。

——ギィ。
よかった……まだ誰も来ていない。
一日来なかっただけで、どうしてこんなにも久しぶりに感じるのだろう。
あたしは準備室から、バリトンサックスを運びだした。
「……久しぶり」
吹奏楽部のメンバーは、自分の楽器を姉妹か友達のように感じていて、たまにこうして話しかけてしまう。
自分の楽器を見ていると、少しだけ心が落ちつく。
「……コンクール、がんばろうね」
そう小さくつぶやきながら、あたしはケースからバリトンサックスを取りだした。

決めたんだ

　練習を始めてから、どれくらいの時間がたったのだろう。
　あたしは少し休憩をしようと、イスに座った。
　そのとき……。
「あれっ、麗紀!?」
　音楽室の扉を開けて入ってきたのは、美歌だった。
「あ、美歌。おはよう」
「おはよう……って麗紀、朝練してた？」
　首をかしげながらたずねた美歌。
「うん。ちょうど今、休憩しようと思ってたところ」
「きゅ、休憩？　麗紀、何時から練習してたの？」
　なんだか今日は、美歌がたくさん質問してくるな。
「んー、何時だろ。わかんない」
　あたしは時計を見ながら言った。
　あぁ、もう7時半になるんだ……。
　そんなことを思っていると、美歌が急に笑いだした。
「あはは!!　出た！　麗紀のぶっとんだ行動!!」
「は!?　ぶっとんだ？」
　な、なんか昨日も言われた気がするんだけど……。
「あははは!!　お、お腹痛い～～」
「美歌、笑いすぎ……」
「だ、だって……あはは!!」
　止まることのない笑い声を聞いていると、なぜかこっち

まで笑えてきた。
「ちょ、美歌……！　笑うのやめて……」
「む、無理！　止まんない！」
　もうふたりしてお腹を抱えて、大声で笑った。
「……ちょっとあんたら、笑い声でかすぎよ」
　声がする方に目をやると、部長の紗夜がいた。
「だ、だって美歌が……、あはは！」
「はぁ、まったく。楽しそうでなにより」
　そう言って紗夜は、クラリネットを組み立てはじめた。
　腰まである艶やかな黒髪と、黒いクラリネットがなんとも言えないくらい似合ってる。
　部長という立場で大変な仕事をいっぱい任されても、その強い心と凛とした姿勢を崩さない。
　顧問の山ちゃんにも、ペコペコせずに堂々としているのがすごいと思う。
　本当に、紗夜が部長でよかった。
「はぁ……はぁ、麗紀……あたしらも練習しよ……」
「だ、だね……」
　ふたり、お腹を抱えながら楽器を手に持った。
「あ、先輩！　おはようございます！」
「おはようございます！」
「「「おはよう～」」」
　続々と、吹奏楽部のみんなが朝練をしに音楽室へ入ってきた。
「あ、そうだ!!　ねぇ、みんな集まった？」

紗夜が急に大声を上げた。
　　　その瞬間、みんな練習を止め、静かになる。
「うん、みんないるね」
　　　そう言いながら、紗夜はみんなの前に立った。
　　　……急に、なんだろう。
「えーっと、今から冬コンでのウチらの演奏順を発表しようと思います！」
　　　紗夜はニコリと笑った。
「いきなり⁉」
「えー、何番だろうね？」
「トップバッターだったらどうする⁉」
　　　紗夜の言葉を聞いた瞬間、みんながザワつきはじめた。
　　　……コンクールまで、あと１ヶ月。
　　　このコンクールに出場する高校の数は52校。
　　　11月の３連休の、最初の２日間に行われる。
　　　１日目は20校、２日目は32校と分かれてて、あたしたちは２日目に出場するということだけは決まっている。
「じゃ、発表しまーす‼　順番は……」
　　　みんなの顔に緊張が走った。
「……52校中、52番‼」
「「「…………」」」
「さ、最後⁉」
　　　美歌が大きな声で言った。
　　　美歌以外のみんなは、フリーズしてしまっている。
「そうね、大トリだね」

紗夜はもう一度、ニコリと笑った。
　その言葉を聞いた瞬間。
「……なんか、テンション上がってきた」
「あたしも！」
「え、ちょ、ヤバくない？」
　そんな声がまわりから飛びかった。
　最後、か。
　……このなんとも言えない感情は、なんだろうか。
　不安とも違うし、喜びでもない……。
　思ったより、あたしに冷静に受けとめられた。
「最後だって！　あたし、緊張しすぎておかしくなっちゃうよ！」
　美歌が興奮気味で言う。
「大丈夫、美歌はもともとおかしいから……」
「ちょ、麗紀！　それひどくない!?」
　そんなやりとりをするあたしたちを見て、みんなが笑った。

　——キーンコーンカーンコーン。
　しばらく練習したあと、予鈴がなった瞬間、みんなは一斉に楽器を片づけはじめた。
　あたしもバリトンサックスを片づけようと、ケースを開く。
　——ズキッ。
　……忘れた頃に、痛みが襲う。

痛い……。
　あたしはその痛みを表に出さないよう、必死に耐えた。
「麗紀ー、行くよー」
「あ、うん」
　美歌に呼ばれ、あたしはなるべく急いでケースを準備室にしまった。
「1時間目ってなんだっけー？」
「え、えっと……国語？」
　早く、早く治まれ。
　カバンを持っていない右手の拳を、強く握りしめる。
　爪が、手に食いこむ。
　血が出るんじゃないかってくらいの痛みが、右手に走る。
「麗紀？」
「え、あ……な、なに？」
「あ、ううん。なんか苦しそうだったから」
　……どうして、わかってしまうんだろうか。
「あはは、……全然大丈夫だよ！　ほら美歌、早く行こ！」
　無理やり笑顔を作って、あたしは階段に足をかけた。
「あ、美歌。今日は髪下ろしてるんだね」
　気をまぎらわせるために、自分から話題を振った。
　少しだけ、痛みもやわらいできた気がする。
「うん！　……というか、寝坊しまして……」
　そう言って、美歌は頭をかいた。
「時間がなかったんだ？」
「そういうわけですね……」

でも、美歌はどんな髪型をしても似合う。
　美歌はもともと髪の色素が薄い。
　だから、下ろしていても重たい感じにならなくて自然だ。
「あ、和也くんだ」
　美歌の言葉に、心臓が跳ねる。
　ろう下に人だかりができている。
　その中心にいるのは……緒川くんだ。
　……もう、関係ないんだ。
　そう思いながら、あたしはその人だかりを通りすぎようとした。
　でも、その瞬間、緒川くんと目が合ってしまった。
「……っ、ごめん美歌！　あたしトイレ！」
　あたしはその場から逃げるように、トイレに駆けこんだ。
　今……目が合った瞬間。
　気づいてしまった。
　昨日まで、ほとんど話したこともなかったのに。
　あたしに、光をくれた彼。
『お前は絶対に、死なない』と、欲しかった言葉をくれた彼。
　……あたし、あの人のこと、好きになってる。
　ダメ、ダメなのに……。
　これ以上、彼に頼っちゃいけない。
　自分の足でちゃんと立たなきゃ。
　でも、あたしはこの感情の止め方を知らない。
　きっと、今みたいなことがまたあったら、この感情は大きくなっていく。

「はぁ……」
　落ちつけ、あたし。
　頭にまだ少し残っていた痛みが、現実を思いださせてくれる。
　……緒川くんに会ったら、無心になろう。
　これからは、彼を視界に入れることも、彼の声を耳に入れることも控えよう。
　同じ教室にいるかぎり、声を聞かないっていうのは無理かもしれないけど……。
　前みたいに、彼の存在を、気にしなきゃいいんだ。
　あたしは鏡の前に立って、髪を整えた。
　平常心、平常心……。
　──〜♪〜♪
「……!!」
　トイレにあたしのスマホの着信音が響いた。
　びっくりして、肩が跳ねる。
　ディスプレイを見てみると、お母さんからだった。
　たしか今朝も、お母さんから電話があったよね……。
　なのに、無視してしまったんだ。
　あたしは緊張しながら電話に出た。
「もしもし、お母さん？」
『あ、麗紀……。今、学校にいるのね？』
「……うん、そうだよ」
『驚いたわよ。あなた、すごい早い時間に家出たのね』
　電話越しに、ため息まじりのお母さんの声が聞こえる。

「うん。なんかすごい早く目が覚めたから……」
『まぁ、早起きは三文の徳って言うしね』
　その言葉に、ははっ、と乾いた笑いが漏れた。
"徳"ねぇ……。
　緒川くんに言われた言葉や、コスモスの花は……それだったのかな。
「じゃあ、お母さん。あたしもう時間だから……」
『あ、ごめんなさいね。じゃあ今日一日、がんばって』
「うん、じゃあね」
　そう言って、電話を切る。
　カバンの中にスマホをしまおうとしたとき、オレンジ色のタオルが視界に入った。
　明日、洗って返さなくちゃ……。
　……まったく、なんで借りてしまったんだろうか。
　でも、借りてしまったものは仕方ない……。
「……ふう」
　あたしは小さくため息をついて、トイレから出た。
　教室に入ると、さっきろう下にあった人だかりは教室の中に移動していた。
　でも、その中心にいるべき人物が、いない……。
　緒川くん、どこに行ったんだろう……って、ダメダメ！
　気にしないって決めたじゃん、あたし。
　あたしは頭をかきながら、自分の席に向かった。
「あ、麗紀！　おかえりー」
　スマホをいじっていた美歌が、顔を上げて言う。

「ただいまー」
　あたしはカバンを机にかけ、席に座った。
　いつものように体を横に向けて、美歌の机の上に右肘を置いた。
　この体勢をとると、ちょうどさっきの人だかりが目に入る。
　今は緒川くんがいないからいいけど……って、また意識してるし！
「……なんかこの席、いろいろキツいわ……」
　おでこに手を当てながら言うと、美歌が、
「えー‼　窓側最高じゃん！　寝れるじゃん！」
　と、明るく反論する。
「ちょっと、あんた……寝ちゃダメでしょ……」
　まあ、人のこと言えないんだけど……。
「いや～、ここちょうど日が差してさ～。眠くなっちゃうんだよね～」
　美歌はそう言いながら、大きなあくびをした。
　そのとき……。
「おー！　和也ー」
　人だかりの方から聞こえた名前に、ドキッと心臓が鳴った。
「おい！　和也‼　さっきの子、どーなったよ？」
　髪をツンツン立てた男子が、興味津々な声で言った。
「……べつに、なんもねーよ」
　少し不機嫌そうな声で、緒川くんが言う。

「なんもねーわけねーだろ！　告られたんだろ？」
「いやー、モテる男はちがうねー」
　彼のまわりにいる男子たちが、からかうように言った。
　ふーん、告られたんだ……。
　そんなことを思っていると、美歌が小声で話しかけてきた。
「うわ！　麗紀‼　和也くん告られたって！　いいの⁉」
「は⁉　いいの、ってなにが！」
「だから！　和也くん、誰かに取られちゃうよ‼」
　あたしの袖をつかみながら、美歌が言う。
「べ……べつに、あたしには関係ないよ。あの人が告られようが、なんだろーが関係ない」
「ちょ、麗紀……。そんなクールに言わないでよ」
　しょんぼりする美歌。
　そんな残念がられても、困るんだけど……。
　そう思いながら、ちらっと彼を見た。
　頬をほんのり赤く染めて、まわりの男子たちに文句を言っている。
　……って……なにやってんだ、あたし。
　気にしないって決めたじゃん。
　──キーンコーンカーンコーン。
　そのとき、チャイムと同時に、担任が教室の扉を開けた。
　そしてまた、委員長の太い声が教室に響きわたる。
　あたしはなんだかモヤモヤした気持ちのまま、前に向き直って立ちあがった。

「……ここの2をxに代入して……」

晴れない気持ちのまま一日を過ごし、気づけば、もう今日最後の授業になっていた。

今の時間は数学。

あたしが一番キライな時間だ。

xやyの計算なんて、いったいなにをしているかわからない。

あたしは先生の話を聞かずに、ただ黒板に書かれた言葉をそのままノートに写していた。

この時間が終われば、部活だ。

そう思えば、この退屈(たいくつ)な時間も少しはラクに思える。

……そういえば、コスモスの花、大丈夫かな……。

昼休みに、様子を見に行こうと思ったけど、うっかりしてて忘れてしまった。

枯れてなきゃいいけど……。

そのとき、雲に隠れていた太陽が顔を出した。

暖かい光があたって、あたしは目を細める。

「……ねぇ美歌、きれいだよ」

あたしは外を向いたまま、小さな声で美歌に話しかけた。

「…………」

「ねぇ、美歌……」

うしろを向くと、美歌は顔を机に突っぷしていた。

……寝てるし……。

「……わたあめ……」

そんな寝言を言いながら、気持ちよさそうに眠っている。

まったく……。
「ちょっと、美歌。もうすぐ授業終わるよ」
 そう言って、先生にバレないように美歌の肩をたたいたけど、「ん〜」と言うだけで、起きる気配はない。
 そんなことをしているうちに、また太陽は雲に隠れてしまった。
 ──ズキンッ。
 きた……。
 もう、ホントに勘弁してほしい。
 ──キーンコーンカーンコーン。
 幸い、痛みはすぐにやわらぎ、そのタイミングでチャイムが鳴った。
「はい！　じゃあ、今日はここまでー」
 そう言いながら、数学の先生はパッパと手についたチョークの粉を払う。
 それと同時に、みんなが騒ぎだした。
「美歌！　終わったよ‼」
「ん〜、もうちょっと〜〜」
 ……そう言って、さっきから全然起きないじゃん……。
「次は部活だよ！」
 あたしが言った瞬間、美歌は勢いよく顔を上げた。
「おはよう、美歌」
「ん〜、寝たぁー」
 グーッと伸びをする美歌を見ていると、なんだか和む。
 焦らなくていいんだなって、思えるから。

「ん～、なんかさ、夢見た」
「夢?」
「うん。なんかね、あたしと麗紀がね、空飛んでたの」
「そ、空⁉」
　あまりにぶっとんだことを言うから、思わず大声を上げてしまった。
　でも、ザワついていたから、まわりは誰も気にしてないみたい。
「そう、空」
「あたしたちに、羽がついてたとか?」
「ううん、タケコプターつけてた」
「た、タケコプター……」
　この子、夢の中でもおかしいのね……。
　ていうか、タケコプターって……ドラ●もんの道具だよね?
　あたしと美歌がタケコプターつけて空飛んでる、っていうシチュエーションを想像すると、なんだか笑える。
「で、飛んでてどうなったの?」
「う～～ん、と……。なんだっけな。あんまり覚えてないけど……わたあめみたいな雲が浮かぶ空を、ずっと飛んでた」
「へ、へぇ……」
　そんなことを話していると、担任の先生が教室に入ってきた。
「座れー!　明日の連絡するからー」

先生の言葉で、あたしは前を向く。
　そのとき、ふと、この前美歌からもらった絵のことを思いだした。
　あれ、あたし、あの絵どこにやったっけ？
　そう思いながら、カバンの中に入っているファイルをあさった。
　あ、あったあった。よかった……。
　この絵は、なくしちゃいけない。
　自分が描いてある絵を間近で見ると、なんだか恥ずかしい気もするけど……。
「……じゃあ、これで連絡終わり。部活あるヤツはがんばれよー」
　先生のその声と同時にみんなが席を立って、教室を出ていく。
「麗紀！　部活行こ‼」
「あ、うん」
　あたしと美歌も、みんなと同じように教室を出ようとした。
「あ、栗田！」
　だけど、引き止めるように先生に声をかけられた。
　美歌は驚いて、先生を見る。
　なんだか、こんなことになる気がしたんだよね……。
　お母さんが、今日病気のことを学校に言うって言ってたから。
「ちょっと、職員室に来なさい」

そう言って、先生は教室を出た。
「……麗紀、なんかした⁉　呼び出しって……」
「大丈夫だよ。ちょっと部活遅れるから、言っといて」
「え、ちょっ……」
　まだ、話を聞きたそうにする美歌を置いて、あたしは職員室へ向かった。

　先生のところへ行くと、職員室からまた違う部屋に案内された。
　ドアの上には、【会議室】という文字。
　こんな部屋に入るのは、初めてだ。
　濃い茶色のソファがたくさん置かれてあり、なんだか堅苦しい雰囲気。
「……栗田」
　いつも強気な先生の声が、今はなんだか悲しげに聞こえる。
「はい」
　あたしはその先生の声とは真逆に、強気な声で返事をした。
「その……親御さんから、話は聞いた」
「そうですか」
　まるで感情がないような声で答えたあたしを、担任は驚いた顔で見た。
「……あたしは、残りの命を精いっぱい生きます。……決めたんです。もう、ウジウジしないって」

先生はなにも言わず、あたしの話を聞いてくれた。
　今日の朝までは……この世界から、現実から逃げだしてしまいたいと思っていた。
　だけど、緒川くんに希望をもらって、心が光に照らされて……やっと前を向くことができたんだ。
「半年後、あたしが生きているかはわからないけど、そんな先のわからないことは考えないで、"今"を生きようって決めたんです」
　途中、声が震えそうになったけど、なんとか耐えた。
　ここで、そんな弱気な声を出してしまったら、今あたしが言った言葉がうそになってしまう気がしたから。
「……お前は、強いな」
　先生は、最初の弱気な声とは違う、優しい声で言ってくれた。
　あたしは微笑みながら頭を下げ、会議室をあとにした。

第2章

静かに

　会議室で先生と話したあと、音楽室に行くと、みんなに冷やかされた。
「あんた、なんかやらかしたんでしょー」とか、「怒られた？」とか。
　みんな、おもしろがって……。
「なんもないよ！　……てか、みんな練習しなよ！」
　そう言って、あたしは逃げるようにパート練習に向かった。
　なんだか、部活がすごく久しぶりに感じる。
　3日ぶりの部活。
　今朝、朝練には行ったけど、それとはちがう雰囲気。
　耳に響く低い音も、メトロノームのテンポを刻む音も、bassパート全員がそれに集中する緊張感も。
　……少しピッチはズレているけど、この不安定な音をどう直そうかと考える自分も。
　あたしは絶対、忘れない。

　部活の後半の時間は、合奏をした。
　顧問の山ちゃんのクセのある指揮と、よくわからない擬音語に今日も笑えた。
「はーい、じゃあ15分休憩〜！」
　山ちゃんの言葉を聞いたみんなは、一気にざわざわとし

はじめる。
　はぁ〜、やっと休憩か……。
　小さく深呼吸して、タオルで口もとを拭いた。
「あ、栗田。ちょっといいか」
「え……」
　あたしは思わずきょとんとしてしまう。
　山ちゃんは音楽室の扉を開け、ろう下に出ていった。
　あたしは楽器を置いて、ドキドキしながら山ちゃんを追いかける。
　ろう下に出ると、山ちゃんは非常扉のところで腕組みをしながら俯いていた。
　ろう下は音楽室より寒くて、薄暗くて、妙に緊張してしまう。
「あの、先生……」
　あたしがそう言うと、山ちゃんが顔を上げる。
　その瞬間、心臓がドクンと音を立てた。
　山ちゃんの表情が、今まで見たことがないくらい悲しそうだったから。
「担任の先生から、話を聞いた」
「……はい」
　やっぱり、そのことか……。
「俺はまだ、いろいろ混乱してて、正直信じられない……」
　なんでだろう。山ちゃんに病気のことを言われると、ボロボロに泣きそうになってしまう。
　目頭が、ジンと熱くなる。

「……あたし、ちゃんと前を向いて生きようって決めたんです」
　どうしても、声が震えてしまう。
　部活のみんなの顔が思い浮かぶ。
「だから……最後に思い出として、どうしても冬コンに出たいんです」
　あたしがそう言うと、山ちゃんは少し眉を下げて、困ったような顔をした。
「体は、大丈夫なのか」
「……どうしても出たいんです。なにがあっても、最後にみんなで、最高の演奏をしたいんです」
　まっすぐ山ちゃんの目を見る。
　すると、山ちゃんは眉を下げたまま微笑んだ。
「わかった。みんなで最高の演奏をしよう。そして金賞を取って、みんなでうれし泣きしながら帰ってこよう」
　そう言って山ちゃんは鼻をスンッとすすった。
「はい……！　ありがとうございます！　本当に、ありがとう……!!」
　冬コン、出ていいんだ……！
　うれしくてうれしくて、涙があふれてくる。
「でも、無理だけはしないでな。これだけは、約束だ」
「はい……！」
「よし！　じゃあもう話は終わりだ！　まだまだ練習するぞ!!」
　山ちゃんは明るく「先に音楽室戻ってろ〜」と言って、

あたしの背中をポンッと押した。
　ありがとう、山ちゃん。
　あたしは涙を拭って、音楽室の扉を開けた。

　合奏と最後のミーティングを終えて、みんなが帰ろうとする中、あたしは美歌と屋上に向かっていた。
　ギィッと重い扉を開け、コスモスを探す。
　もう暗くて、よく見えない。
「あ、スマホの光で見えるんじゃない？」
　美歌はそう言って、自分のスマホの光であたりを照らした。
「おお、美歌、頭いいね」
「でっしょ〜！」
　勝ち誇ったような顔をする美歌がおもしろくて、笑ってしまう。
「あ、あれだ！」
　スマホの光をキラリと反射したコップ。
　あたしはそこに駆けよって、しゃがみこんだ。
「……よかった……。枯れてない」
　そう言いながら、ピンクのコスモスが入ったコップを手に取る。
「わ、きれいな花！　……って、なんでこんな所に花があるの？」
　美歌は首をかしげて言った。
「なんかね、屋上に置いてあったの。それをあたしが見つ

けて、コップに挿しておいたの」
　ウソは、言ってない。……たぶん。
　ここで「鳥が持ってきてくれた」なんて言ったら、頭がおかしいヤツだと思われるだろう。
　それに、本当に鳥が持ってきてくれたかどうかも、わからないし……。
「へ～、誰が置いたんだろうね。屋上なんかに」
　そう言いながら考えこむ美歌を見て、あたしはバレないように苦笑いした。
「まぁ、枯れてなくてよかった。ごめんね、付き合わせちゃって」
「全然！　それに、なにげに景色きれいじゃない？」
「景色……？」
　美歌の言葉に、しゃがんでいた体を立たせる。
　その瞬間、息をのんだ。
　もうすっかり暗くなった街に、無造作に光が散らばっている。
　家の光と、街灯と、走る車の光。
　この街にこんな絶景があるなんて、知らなかった。
　この光の数だけ、人の命があるんだよね……。
「……じゃあ、麗紀。帰ろっか」
「うん」
　あたしは花の入ったコップを持って、屋上の扉を開けた。
「ね、ねぇ……。ちょっと怖いんだけど……」
「美歌、そんなにくっつかれたら歩きにくいよ」

「だ、だって～～」
　夜の学校は、昼の雰囲気とはまったく違う。
　もうみんな、帰ってしまったのか……。
　暗がりに、切れかけの電気がぼうっと光っているだけで、人の声は聞こえない。
　怖がりな美歌は、あたしの腕に自分の腕を絡ませていた。
　張りつくように歩いているから、美歌の足に引っかかってしまいそうだ。
「こ、怖い～～」
「大丈夫だって……」
　あたしは、怖いのは平気だ。
　幽霊を信じてないからってわけじゃない。
　どっちかというと、そういう心霊系の話は大好きだ。
「……もしかしたら、あたしたちのうしろになにかいるかも……」
「ぎゃ‼　やめてー！」
「あはははっ‼」
　聞いたことないくらい大声を上げる美歌に、あたしは大爆笑した。

「はぁ～。さっきは怖かったぁ」
　美歌は、夜の学校への恐怖とさっきのあたしのイタズラで、とても疲れたようだ。
　なんだか、申し訳ない。
「じゃ、美歌。また明日！」

「うん……、また明日」
「気をつけてねー！」
「麗紀もねー！」
　帰りの分かれ道で、ふたりして大きく手を振りながら、別れを告げる。
　あたしは花が心配で、小走りで家へと向かった。

「はぁ……ただいまー」
　肩で息をしながら、玄関の扉を開けた。
　ほんの少しの距離なのに、こんなに疲れるなんて。
「あら、麗紀、おかえり。……なに？　そのお花」
　リビングからひょいっと顔を出して、お母さんが言った。
「はぁ……。あぁ、学校にあって、きれいだから持ってきちゃった」
「ふふ、そうなの。あ、ちょどいいわ。さっきね、玄関に新しいお花を飾ろうと思って買ってきたのよ。それと同じ、ピンク色のコスモスね」
　そう言って、お母さんはまだ買ってきたままの状態のコスモスの花束をあたしに見せた。
「……きれい……」
「でしょ〜。じゃあ、このお花も、一緒にしてあげましょうね」
　お母さんはあたしからコスモスの花を受けとると、花束と一緒にそれを持ってリビングに向かう。
「あ、麗紀。ご飯できてるわよ」

「あ、うん」
　あたしも靴を脱いで、リビングに向かった。
「わ、今日はおでん？」
「そうよ〜。寒いからね、あったかいものが食べたくて」
　そう言いながら、お母さんはコスモスを花瓶に入れようとしていた。
「……お母さん」
「んー？」
　あたしの声に、その手を止めてこちらを見たお母さん。
　……決めたんだ。
　もうクヨクヨしないって。
「……あたし、ちゃんと生きるから」
　お母さんは目を見開いた。
　それと同時に、コスモスの花が数本、お母さんの手からふわりと落ちる。
「……あたし、ちゃんと生きて……この病気と、向き合っていく」
　声が震える。
　どうしてだろう。
　先生の前では、耐えることができたのに……。
「……じゃあ、お母さんも、麗紀と一緒に戦わなくちゃね」
　お母さんは、落ちたコスモスの花を拾いながら言った。
「……ありがとう、お母さん」
　大粒の涙が、あたしの目からこぼれ落ちる。
「あなたの泣き顔見たのなんて、何年ぶりかしら」

そう言って、あたしを抱きよせたお母さん。
　背の低いお母さんだけど、あらためてその小ささに驚く。
　あたしはもう、すっかりお母さんの背を超えていた。
　昔は見上げていた顔が、今は下にある。
「ふふ。あなた、大きくなったわねぇ」
　お母さんは小さな子どもをあやすように、あたしの頭をなでた。
「……へへ、まだまだ伸びるよ。あたしの背は」
「そうね。あとどのくらい伸びるのかしらね……」
　そんな話をしながら、クスクス笑った。
　夢を、見てもいいでしょう？
　美歌みたいに、将来美容師になる、っていう夢じゃないけど。
　半年後、あたしは生きてる、という夢を。
　そのために……あたしは、前を向くから……。

　ご飯を食べて、部屋に戻った。
　そして、カバンの中からオレンジ色のタオルを出した。
　明日、これを返したら、終わりにしよう。
　これ以上、緒川くんの近くにいてはいけない。
　緒川くんの笑顔がまぶしくて、あたしはついその笑顔に頼りたくなってしまうから。
　まずは、ひとりで立たなきゃいけないんだ。
　これを貸してもらったお礼をして、スマホをぶつけてしまったことを謝って。

それから……あたしに光をくれたお礼もして。
そしたら、終わりにするんだ。
あたしはタオルを洗濯機にかけ、お風呂に入った。
もちろん、温かいお湯をためて。
お風呂から出て、ドライヤーで髪を乾かしていると、ちょうど洗濯機が鳴った。
あたしはオレンジ色のタオルを干して、いつもより早い時間にベッドに入った。
最近、すぐ眠くなる……。
薬のせいなのかな。
考えてるうちに、眠りについていた。

翌日。
今日は朝から痛みがあって、家を出るのが遅れてしまった。
あたしは、朝練に出られないことを美歌にメッセージを送ってから家を出た。
お母さんには学校を休むように言われたけど、そういうわけにもいかない。
お母さんは心配性だ。
昨日、『麗紀と一緒に戦わなくちゃね』とは言ってくれたものの、やっぱり不安なんだろう。
学校に着く直前、スマホで時刻を確認すると、8時すぎだった。
始業までは、まだ少しだけ時間がある。

緒川くん、昨日も一昨日も早く登校してたし……今日もきっと、もう来てるよね。
　タオル……朝のうちに返してしまおうかな。
　そして、この気持ちも終わりにする。
　そう思い、スマホを戻して、連絡先から彼の名前を探す。
　最初、電話で言おうかと思ったけど、なんだか勇気が出ないのでメッセージを送る。
【栗田麗紀です。突然ごめんなさい。今から屋上に来れますか？】
　送信ボタンを押すと、その文章はあっさりと彼のもとへと飛んでいった。
　下駄箱で靴を履き替えると、教室には寄らず、急いで階段を上っていく。
　屋上に着くと、まだ緒川くんは来ていなかった。
　もしかしたら、メッセージに気づいていない可能性もある。
　そうなったら、教室で言うしかないか。
「……はぁ……」
　ため息をつきながら、空を見上げる。
　今日はあの鳥、いないのか。
　いつの間にか、空を見あげるのがクセになっている。
「……栗田？」
　名前を呼ばれ、振りかえると、扉のところに緒川くんの姿が。
　彼はあたしを見て、安心したように微笑んだ。

その笑顔に、あたしの胸が小さく音を立てる。
「……おはよう、栗田」
「おはよう」
　彼はあたしの返事を聞いてから、空を見上げた。
「今日は飛んでねぇなぁ、鳥」
　その言葉を聞いて、またあたしは顔を上げた。
　同じこと考えてるし……。
　雲がゆっくりと流れて、形を変えていく。
「あ、そうだ。タオル、返さなきゃ」
　ひとり言のようにつぶやいて、あたしはカバンからタオルを出した。
「はい、これ……。昨日は、ありがとう」
　そう言って、彼にタオルを渡す。
「お、ありがとな」
　あたしからタオルを受けとって、彼は笑った。
「……あたし、もうあんなことしないから。ちゃんと生きていく」
　緒川くんは少し驚いたような顔して、でも、また微笑む。
「よかった。昨日はなぜか、いつもより早く目が覚めて……なんとなくあの時間に登校したんだ。栗田の心が助けを求めてたのを、察知したのかもな！」
　緒川くんは「なーんちゃって」と冗談っぽく言った。
　あたしの心が、助けを求めてた……か。
「……なんかあったら、メッセージでも電話でもいいから、俺に言えよ」

「はは……気が向いたらね」
　いつかのセリフを、また口にする。
『悩みとか、俺に言えー!』
『気が向いたら、話しますー!』
　そんな会話をしたことが、前にもあったね。
「……べつに、気が向かなくてもしていいから」
「え……?」
　あたしが驚いて緒川くんを見ると、緒川くんは照れたような顔をしていた。
「暇だな〜って思ったときとか、そういうどうでもいいときでも全然いいから!」
　そう言って目を逸らす緒川くん。
「……うん、わかった。ありがとう」
「お、おう」
　ぎくしゃくしている緒川くんが、なんだかおもしろい。
「あ!　そういえば、スマホぶつかったところ、大丈夫だった?」
「え?　あぁ、大丈夫大丈夫!　ちょっとかすっただけだし、俺、結構石頭だし!」
　緒川くんはにっこりと笑う。
「たんこぶになってない……?」
　あんなに硬いものが頭に当たったんだから、かすっただけだとしても、相当痛かっただろうなぁ。
「ホント平気だって!!　そんな心配しなくて大丈夫!」
「そ、そう……?」

緒川くんが「大丈夫！」って言うと、本当に大丈夫な気がしてくる。
「心配してくれてありがとな！」
　そう言って、緒川くんはまたにっこり笑った。
　あぁ、なんだか緒川くんの笑顔を見るとホッとするなぁ。
　この笑顔を見ると、つられて笑顔になっちゃう。
　暗かった気持ちも、少しだけ明るくなるんだ。
「……じゃあ、あたしそろそろ教室に戻るね。……緒川くんは？」
「俺は、ギリギリまでここでのんびりしてるわ」
「そっか……。それじゃあ」
　そう言って、ドアノブに手をかける。
　この扉を開けたら、もう最後だ。
　じわりと、涙があふれそうになる。
「緒川くん」
　振りかえって、名前を呼ぶ。
「ん？」
　緒川くんは不思議そうに首をかしげる。
　あたしは小さくゆっくり深呼吸をする。
「えっと、その……ありがとうね」
　いざ、ちゃんと言おうとすると恥ずかしくて、思わず目を逸らしてまう。
　それでも緒川くんは気にしていないようで。
「おう！　またゆっくり話そうぜ‼」
　そう言って、笑ってくれた。

あたしもその笑顔につられて微笑んだ。

それなのに、目頭はまたじんわりと熱くなる。

「……それじゃあ」

そう言って、あたしはゆっくりと扉を開け、校舎に入った。

薄暗い階段を下りると、いつもの学校の景色が視界に広がった。

さっきはまわりを気にする余裕もなかったんだと、今になって気づく。

教室に行く途中、朝練を終えて教室に向かう美歌と出くわした。

「あ！　麗紀ー！　いつ来たの？」

「さっき。ちょっと用があってね」

「そっか。よかった、麗紀が学校に来て」

そう言って、美歌は笑った。

「今日は、ハーフアップですか」

「はい！　簡単なので」

「……簡単かぁ〜」

あたしは不器用だ。

だから、自分で髪なんて結べないし、人の髪だって結べない。

「……今日は麗紀、なんだか機嫌がいいね」

「なにそれ。あたし、毎日機嫌悪い？」

「ううん。そんなことないけど、今日はなんだか、いつもより元気」

美歌はそう言って、また笑う。
　……うん。あたしは、今日機嫌がいいよ。
　自分の気持ちを、静かに終わらせることができたから。
　……緒川くんへのあの感情は、恋だったのかはわからない。
　好きだって思ったのは、本当だけど。
　ただ、迷ったり弱ったりしたときに、ちょうど彼が現れて、彼に依存しそうになっていただけかもしれない。
　依存じゃなかったとしても……どっちにしろ、あたしは彼から離れなきゃいけなかったんだ。
　教室に入り、席に座る。
　そのとき、「あ、そうだ」と美歌が話しかけてきた。
「なに、どうしたの？」
「冬コンの日、髪結べだって」
「えぇー。……美歌さん、お願いします」
「ふふ、りょーかーい！」
　美歌は、敬礼のポーズをしてみせた。
「お、かーずや‼　お前、どこ行ってたんだよー！」
「また告られに行ったのかー？」
「バーカ、ちげぇよ」
　そんな会話が、耳に入る。
　あの感情は捨てたけど、無意識に気にしてしまう。
「んだよー。お前、スマホ見たかと思ったら、めっちゃ急いでどっか行ったじゃん。そんなに大事な用だったのかよー」

彼の友達が言うと、緒川くんは「ゴホッ」と咳きこんだ。
そんなに急いで……来てくれたの……？
ダメだ。もう、忘れなきゃ。
あたしはその会話を、聞こえないフリをした。

小さな出会い

『……清水さーん』

アナウンスの声が、待合室に響く。

緒川くんへの気持ちを自分の中で終わらせてから、3週間が過ぎた。

今日は平日だけど、検査のため、お母さんと病院に来ている。

午前中のうちに検査を終えて、午後からは学校に行く予定。

だからあたしは、制服を着ている。

この3週間、やっぱり緒川くんを目で追ってしまうこともあったけど、なんとか気持ちを押し殺してきた。

何度か、緒川くんから【元気かー？】なんて他愛ないメッセージが来ていたけど、あたしは短く返してすぐに会話を終わらせるようにしていた。

そして、今日は病院での検査の日。

診察や機械を使った治療のために、病院には何度か来ていたけど、詳しい検査をするのは運ばれてきた日以来。

受付にはたくさんの人がいたけど、ここ、脳外科はそんなでもない。

まわりを見ると、お年寄りばかりだ。

なんか緊張する……。

……あたしの頭の中の塊は、どうなっているのだろうか。

大きくなって、いるのだろうか……。
　そんなことを考えていると、お母さんがあたしの手を握った。
「大丈夫よ、麗紀。大丈夫……」
「……うん」
　きっとお母さんも、あたしと同じことを考えてる。
『……栗田さーん。栗田麗紀さーん』
　名前を呼ばれ、思わずビクッとしてしまった。
「……麗紀、行くよ……」
「うん……」
　診察室の扉を開けると、「まずは、腫瘍の大きさを調べましょう」と看護師さんに言われ、あたしはMRI室に案内された。
「あ、待って。その前に病衣に着替えてね。あと、金属類は外してね」
　そう言われて、看護師さんから水色のラインが入った服を渡され、個室に案内された。
「じゃあ、ここに寝てください。ちょっとうるさいけど、我慢してね」
「……はい」
　着替えたあたしは、看護師さんの言うとおり、MRIの台の上に横になった。
　……やっぱり、緊張してる。
　運ばれた日は頭がまっ白でなんともなかったのに……。
　そう考えていると、スーッと体が頭から機械の中に入っ

ていった。
　あ……なんだか、この感覚だけは覚えてる。
　この、トンネルの中に入ったような感覚……。
『じゃあ、これから撮影しますね。うるさくなるんで、気分が悪くなったら言ってください』
　その声が聞こえたと同時に、聞きなれない音が鳴りはじめる。
　――ガー……ン……ゴーン……ガー……ン……。
　うるさい音が、頭に響く。
　前はこんなに、うるさく感じたっけ？
　ひとりぼっちになってしまったみたいで、なんだかさみしい。
　あたしは目をぎゅっと閉じて、機械の音に耐えた。

『……はい、終わりです。お疲れ様でした』
　……どのくらい、中にいたんだろうか。
　スーッと、体がトンネルの中から出た。
　ずっと目を閉じていたから、まわりの明るさに目がくらむ。
　頭を押さえていると、さっきの看護師さんが入ってきた。
「栗田さん、気分が悪いですか？」
「あ……いえ……」
「気分が悪くなったら、言ってくださいね。……それじゃあ、また着替えてください」
「はい……」

そう言って、さっきと同じ部屋で制服に着替えた。

「じゃあ、麗紀さん。ここに座って」
「はい」
　診察室に移り、主治医の先生に従って、イスに座る。
　あたしの隣のイスには、お母さんが座った。
「えっと、さっきの検査の結果なんですが……」
　そう言って、先生はMRIで撮った写真を確認するように目を通す。
「……少しばかり、大きくなっていますね……」
　……大丈夫。覚悟は、してた。
　そんな落ちついた気持ちとは反対に、震えそうな手。
　あたしはそれを抑えるように、スカートの裾を握りしめた。
　……覚悟は、してたけど……期待も、してしまっていたんだ。
"腫瘍は、小さくなっている"という、期待を。
　でも、現実は、そんなに甘くない。
「……ただ、腫瘍は少し大きくなっていますが、予想していた大きさよりは、ずっと小さいです。予想していたスピードより、だいぶ遅いんです」
「……そ、そうなんですか……？」
　そう言ったのは、お母さん。
　その声は、かすかに震えている。
「はい。だから、これからも薬をちゃんと飲んで、病院も

頻繁に通うようにしてください」
「……わかりました」
　なんだかあたしはボーッとしていて、小さな声で返事をしてしまった。
「それと、手術については……」
「それは……まだ、もう少し待っていてください」
　さっきよりも、少しだけ強めの声が出た。
　先生は、病院に来るたびに手術を勧めてくるけど……あたしの気持ちは、お母さんに言ったときと変わらない。
　お母さんも、たぶん理解してくれているんだと思う。
「じゃあ、お母さん。少し説明したいことがあるので、ちょっといいですか」
「あ……はい。じゃあ、麗紀。ちょっと外で待っててくれる？」
「……わかった」
　あたしは先生にお辞儀をして、診察室を出た。
　……なんだか、外の空気を吸いたい……。
　そう思ったあたしは、病院の中庭に向かった。

　中庭でベンチを見つけて、あたしはそこに座った。
　庭にはお年寄りから子どもまでいろいろな人がいるけど、広いからそんなに混んでる印象ではない。
「……はぁぁぁ……」
　肺にたまっていた空気を、全部吐きだす。
　ずっと緊張してたし、疲れたなぁ……。

そのとき、ふいに背中を誰かにたたかれた。
　振りかえると、ピンクのボールとけん玉を持った小さな女の子が立っていた。
　……病衣を着てるってことは、ここに入院してるのかな。
「どうしたの？」
　そう言って話しかけると、女の子は笑顔になった。
「わたしね！　おがわ、ゆかっていうの！　5歳‼」
　彼女は、あたしの顔の前に指を5本、突きだした。
「ゆかちゃん……。5歳なのね。しっかり自己紹介できて、えらいね」
「うん‼　ねぇ、お姉ちゃんはなんていう名前？」
　無邪気な笑顔で、ゆかちゃんは聞いてきた。
　その笑顔に、なぜか彼の笑顔が重なる。
「あたしはね、栗田麗紀。れき、だよ」
「くり⁉　わたし、くり大好き‼」
　ゆかちゃんはうれしそうに、「くりー！」と言って笑う。
　自己紹介してこんなに喜ばれたの、初めてだ。
「ねぇ！　れきお姉ちゃん！　いっしょに遊ぼ！」
　ゆかちゃんはあたしの腕を引っぱって、中庭の中央に連れていった。
「お姉ちゃん！　いっくよー！」
　そのまま、ピンクのボールをあたしに投げたゆかちゃん。
「おっ……わ、わ！」
　風のせいで、ボールが思わぬ方向に飛んでいき、あたしは転びそうになってしまった。

そんなあたしを見て、ゆかちゃんはまた笑う。
「あはは‼　お姉ちゃん、おもしろーい！」
「はは……」
　なんか、楽しいかも。
「じゃあ、ゆかちゃん！　投げるよー！」
「うん！」
「はーい‼」
　そう言って、あたしはポーンとピンクのボールを投げた。
「……ん！　やったー！　取ったー‼」
「おお！　ゆかちゃん！　ナイスキャッチー‼」
　この光景は、はたから見たらどうなんだろう。
　病院で、５歳の小さな女の子と、制服を着た高校生がピンクのボールを投げ合ってるって。
　……楽しいから、まわりの目なんて気にしないけど。
「……ゆかー？　ゆかー！」
「あ！　お母さんだー！」
　そう言って、ゆかちゃんがあたしのうしろを指さした。
　振り向くと、スラッとした女の人がこちらに走ってきていた。
「あ！　ゆか！　もう、勝手にお部屋を出ていっちゃダメでしょ！」
　……きっと、ゆかちゃんのお母さんだよね。
　長い髪を横でひとつにくくってあり、品のある女の人。
　そんなゆかちゃんママは、あたしに気づいたらしく、優しく笑った。

「ありがとうございます。ゆかと……娘と遊んでくださって……」
「あ、いえ！　あたしも楽しかったです！」
　そう言うと、ゆかちゃんママは「ほら、お礼言いなさい」とゆかちゃんに言った。
「お姉ちゃん！　遊んでくれて、ありがとう‼」
「どういたしまして。あ、そうだ！　ゆかちゃんの病室ってどこかな？」
　ここの病院に来たら、またゆかちゃんのところに来ようかな……。
　ふとそう思ったあたしは、ゆかちゃんにたずねた。
「えーっとね！　304号室だよ！」
「そっか！　じゃあ、今度はお部屋に遊びに行こうかな！」
　あたしがそう言うと、ゆかちゃんは「うん‼」とうれしそうに笑った。
「あ、ゆか。検査の時間だから、早く戻らないと」
　ゆかちゃんママがそう言うと、ゆかちゃんは「えー」とイヤそうな顔をしたけど、ひとりでしぶしぶ病院の中に戻っていった。
　……うちのお母さんは、まだかな。
　きっと、先生にたくさん質問したりしているんだろう。
　そんなことを考えていると、ゆかちゃんママが小さくつぶやいた。
「……あの子、昔から体が弱いんです」
　遠くを見るような目。

もしかして、なにか重い病気を抱えているの……？
　あたしがどう言えばいいのか迷っていると、ゆかちゃんママは「あ、でもね……！」と、視線をあたしに移した。
「今入院しているのは、この前風邪をこじらせてしまったからなんですよ。検査もあるから、大事を取ってあと２週間入院するんですけど」
「あ、そうなんですか」
　その話を聞いて、ホッとする。
　あんなに笑顔が無邪気な女の子なら、きっと将来の夢を持ってると思うから。
　その素敵な夢を、あきらめないでほしい。
「……それじゃあ、また今度」
「はい」
　お互い頭を下げて、ゆかちゃんママはおそらくゆかちゃんの検査室へ、あたしは待合室へと向かった。

　待合室に戻ると、ちょうどお母さんも戻ってきていた。
「あ、麗紀。待たせてゴメンね」
「ううん、全然」
「じゃあ、帰りましょうか。あ、でも麗紀は学校ね」
　そう言われ、自分の服装を見てハッとする。
　そういえば制服着たまま来たんだった……。
「お母さん。あたし、歩いて学校行くよ」
「そう？　車で送っていくのに」
「ううん。なんか歩きたい気分だから」

「そう……。じゃあ、お昼、薬飲み忘れないでね」
「うん」
　駐車場まで行って、お母さんと別れた。
　秋晴れの空が、気持ちいい。
　風は冷たいけど、その冷たさが気持ちをすっきりさせてくれる。
　……冬コンまで、あと1週間。
　夢はないあたしだけど、前を向いて生きるって決めたんだ。
　まずはこの1週間を、精いっぱいがんばろう。

みんなで

その日の放課後。
今日も部活が終わり、ミーティングが始まる。
「ミーティング始めまーす。じゃあ、先生、お願いします」
いつも部員しか話さないのに、今日はめずらしく先生がしゃべるんだな、と思った。
「えー、冬コンまであと1週間しかありません！ 金賞取ったら、キミたちの大好きなシュークリームが待ってますので、この1週間、死に物狂いでがんばりましょう」
そう先生が言うと、みんなは笑いながら「はい！」と元気よく返事をした。
先生は、コンクールが終わると、毎回あたしたちにシュークリームを買ってくれた。
そのときのシュークリームは、コンクールが終わった安心と、みんなで食べるという幸福感で、とびっきりおいしいんだ。
「ありがとうございましたー」
終わりのあいさつをして、みんなコートを着て生徒用玄関へ向かう。
「シュークリーム、楽しみだね！」
美歌がそう言うと、一緒に玄関に向かっていた紗夜が頷く。
「美歌はあのシュークリーム、大好きだよね」

あたしが言うと、美歌は「うん！」と無邪気な笑顔で言った。
「じゃあ、みんなばいばーい‼」
「ばいばーい」
　部活のみんなと別れて、あたしと美歌のふたりになった。
「もう、最後のコンクールで最後のシュークリームかぁ」
　なつかしむような、そんな口調で美歌が言う。
「早かったよねぇ、なんか。あっという間だった。この前入部したみたいだよ」
「はは、そうだね。本当に、早かった」
　本当に、あっという間だった。
　練習ばっかりで休みたいと思った日も、なかなか曲が形にならずに悩んだ日も。
　あの日あのとき、イヤだと思ったことも、今思えば、とても大切な日々。
「ねぇ、麗紀……」
「ん？」
「絶対金賞取って、一緒に……みんなで一緒に、笑おうね」
　美歌がガラにもなく優しく笑いながら言うから、なんだか泣きそうになってしまった。
　あたしはそれがバレないように上を向いて、「うん」と返事をした。
「じゃ、また明日ー！」
「うん‼　明日！」
　そう言って、ふたり同時に相手に背を向けて歩きだす。

このやりとりも、何年も……十年以上もやってきた。
　ふたり別れを告げ、次の日朝のあいさつをして……。
　たくさんの時間を、一緒に過ごした。
　振りかえると、美歌はもう闇の中に消えていた。
　……あと何回、あのやり取りができるのだろう。
　ふいにそんなことを考えてしまい、頭を横に振った。
　こういう自分が、キライだ。
"ちゃんと生きる"って決めたはずなのに、それに反することを考えてしまう自分が。
　……優柔不断なんだ、あたしは。

「ただいまー」
　家に着き、いつもどおりそう言ったけど……。
「…………」
　当たり前に帰ってくるはずの返事が、来ない。
「お母さん？」
　あたしは少し焦りながら、靴を脱いだ。
「お母さ……ん？」
　リビングに行くと、お母さんはソファで眠っていた。
「……な、なんだ……寝てるのか……」
　倒れてるのかと思った。
　なぜそんな縁起でもないこと思ったのかはわからないけど、心臓の鼓動がイヤに早い。
　お母さん……きっと、疲れがたまってるんだろう。
　家事だけじゃなくて、あたしの病気のことで……。

「……麗紀？」
「あ、起きた？」
　そう言うとお母さんは、グーッと伸びをした。
「ごめんごめん。することなくてボーッとしてたら、寝ちゃった」
「そっか。あ、今日の夕飯なに？」
「麻婆豆腐よ。ピリ辛のね！」
　お母さんは得意げに言って、立ちあがった。
「テレビでCM見たら、食べたくなっちゃって」
　そう言って笑ったお母さんを見て、あたしもやっと安心して笑う。
　それから、カバンを置きに部屋へ行った。
　ベッドの上にカバンを投げる。
　——ズキンッ。
　いた……。
　頭に手を当てた。
　なんだか、この痛みにも慣れてきた。
「……はぁ……」
　痛みが引くと、小さく息を吐いてから、あたしはキッチンに向かった。
「お母さーん。なんか手伝うことあるー？」
　腕まくりをしながら言う。
「んーとねー。お皿、テーブルに並べてくれる？」
「はーい」
「今日はお父さんも早く帰れるって」

「そうなんだ」
　久しぶりにみんなで食べれるんだ……うれしいな。
　そのうちお父さんが帰ってきて、3人で食卓を囲んだ。
　食べ終わり、お風呂に入ろうと洗面所に向かう。
「……ふぅ……」
　湯船に浸かると、なぜかため息が出る。
　コンクールまで、あと1週間か。
　……去年は、銀賞だった。
　それで、先輩たちは引退した。
　悲しい涙を流して、あたしたちに『来年は、金を取れ』と言葉を残して。
「……引退、か……」
　あたしたちの学校の吹奏楽部では、3年生は夏のコンクールに出ない。
　2年のこの冬コンで終わり、引退だ。
　しかも、冬コンは夏のコンクールと違って全国大会に続くわけではなく、県大会での1度きりの演奏で終わり。
　金を取っても、銀を取っても引退だ。
　ふと、山ちゃんが言った言葉を思いだした。
『死に物狂いでがんばりましょう』
　あたしはこの言葉を、一生忘れない……。
　なぜかそう思った。
　不思議と、深く心に残ったから。
　……きっと、1週間後のあたしたちは、笑ってる。
　うれし涙を流しながら、笑ってる……。

そして、1週間後。
「……ヤバい、めっちゃ緊張してる……」
　隣にいた紗夜が、小声で言った。
　その声と肩はかすかに震えていて、見てるこっちがさらに緊張しそうだ。
　……今は、ステージの舞台袖。
　薄暗くて、みんなの表情がよく見えない。
　あたしは目を閉じて、深呼吸をした。
　……本当に、この1週間があっという間で。
　死に物狂いで過ごした日々は、一瞬だった。
　──パチパチパチパチ。
　たくさんの拍手の音が耳に届く。
　前の学校の演奏が終わったんだ。
「お前たちなら、大丈夫だ。笑ってシュークリームを食うぞ‼」
　山ちゃんの言葉で、みんなが微笑む。
　そしてあたしたちは、舞台に上がった。
　そこは、とても明るくて。
　思わず、目を細める。
　ドクン、ドクンと、1回1回の鼓動がはっきりと聞こえる。
　みんなが自分の定位置に座ると、山ちゃんが緊張した面持ちで式台に上がった。
　ふぅ、と呼吸を整え、山ちゃんの指揮棒が上がると、あたしたちは一斉に楽器を構える。

そして、山ちゃんの指揮に合わせて、みんなとの呼吸が重なった……。

　今までで一番いい演奏だった。
　そう思えたら、どれだけ幸せだろう。
　曲が終わり、あたしたちは観客に礼をした。
　盛大な拍手が、あたしの涙腺を刺激する。
　まだ、まだ泣くのは早い。
　楽器を気にしながら、舞台袖に移動した。
　その瞬間、張りつめていた糸がゆるんでしまったかのように、全身の力が抜けた。
　フラフラの足で、舞台裏から会場のロビーに出る。
「はぁ～～っ」
　急な開放感で、隣にいた美歌と同時に深くため息をついた。
　肺にたまっていた空気をすべて吐きだすような、長いため息。
「ふふっ、カブったね。麗紀」
　そう言った美歌の目には、少し涙がたまっていた。
「……シュークリーム。おいしく食べれるといいね」
　美歌は頷く。
　もう、演奏は終わった。
　ステージではなにもかもが頭から飛んでいって、本能で演奏したようなものだから、よく覚えていない。
　あとはもう、祈るだけだ。

「じゃあ、お前らー。表彰式あるから、中入るぞー」
 山ちゃんの言葉に、みんながゾロゾロ移動する。
 その中で、誇らしげに笑う子もいれば、悔しそうに泣く姿も見えた。
 あたしは安心していた。
 ……いや、安心とは違うか。
 心がふわふわして、自分の足が地についてる感覚がない。
 最後の演奏を無事終えることができたことには安心だけど、なんだかまだ胸がドキドキしていて、それが現実だと信じられない。
「……麗紀？ 行こ」
 ボーッとしていたあたしに、美歌が話しかけてきた。
「あ、うん」
 会場の中に入ると、にぎやかだった。
 今は、審査員それぞれの採点をまとめている時間。
 そして、各学校の代表が、ステージの上で賞状をもらうリハーサルをしていた。
「あ、紗夜だ」
 席に座りながら、美歌が言った。
 あたしもステージの方に目をやる。
「やっぱ、美人は目立つねー」
「黒髪美人、最高ねー」
 うしろに座っていた、里美と百合子が冷やかすように言った。あたしと美歌も会話に混ざる。
「わかるわかるー！」

「でもさ、紗夜が部長でよかったよね！」
　美歌が誇らしげに言って、あたしたちは頷く。
『これから表彰式を始めますので、席をお立ちの方は……』
　アナウンスが入り、立っていた人は急いで席に戻った。
「……いよいよ、だね」
　小さな声で、美歌が言う。
　さっきまでにぎやかだったのがうそのように、会場は静かになった。
『審査員の先生方が入場されます』
　そのアナウンスが入ると、ふたりの審査員の先生たちがステージ脇から出てきて、イスに座った。
　ひとりの先生がマイクを持ち、今日の感想を言う。
　……感想はいいから早く発表をしてくれと、誰もが思っているだろう。
『……では、表彰に移ります。あ、吹奏楽の大会では定番なので知っている人も多いかもしれませんが、表彰のときに"金"と"銀"がわかりにくくならないよう、金賞のときは"ゴールド金賞"と言いますね』
　微笑みながら、審査員の先生が言った。
「……麗紀、手、つなご」
「あ、うん」
　ふたりで手をつないでステージに目を移すと、学校ごとの代表が一列で、審査員の先生の前に並んでいた。
『……Ｓ市Ｔ高等学校……ゴールド金賞!!　おめでとうございます！』

その声と同時に、うしろの方から「キャー‼」と黄色い声が上がった。
　きっと、Ｔ高校の人たち。
　……はぁ。ハナっから金賞って……。
　不安と期待が混ざって、胸のあたりがモヤモヤする。
　その間にも、順々に結果が発表されていく。
　そのたびに、黄色い声や、すすり泣く声が聞こえた。
　そして、ついにあたしたちの高校だ。
　最後ということもあってか、紗夜の顔に緊張が走る。
　あたしは思わず、美歌とつないでいた手に力を入れた。
　美歌もそれに気づいてか、同じようにあたしの手をぎゅっと握った。
『……Ｙ市Ｓ高等学校……ゴールド金賞‼　おめでとうございます‼』
「「「……キャァァァ‼」」」
　あたしはその声に、思わず身を縮めた。
「……麗紀！　あ、あたしたち……！」
「……き、ん？」
　美歌の方を向くと、涙を流していた。
　その姿に、あたしもつられて喉がギュウッとなる。
『では、今までがんばってくれた部長さんたちに、今まで教えてくれた先生方に、そしてがんばった自分たちに拍手を送りましょう‼』
　その言葉に、みんなが大きな拍手をした。

「……紗夜ぁ‼」
　戻ってきた紗夜のところに、みんなが集まった。
　その紗夜の手には、金の丸が書かれた賞状があった。
　……本当に、本当によかった。
　みんなでこうして、涙を流しながら笑うことができて。
　山ちゃんの涙が見れて。
　本当に、よかった。
　帰りのバスで、山ちゃんがみんなにシュークリームを配った。
　隣で美歌が、「おいしー‼」と声を上げる。
　見ると、幸せそうに涙を浮かべながら食べていた。
「あんた、泣きすぎ」
「へへ、だってうれしくて」
　そう言って、美歌は鼻をすすった。
　まわりを見わたすと、みんな鼻をまっ赤にしながらシュークリームを食べていた。
　あたしもシュークリームを口に入れる。
　優しい甘い味が口の中に広がり、なぜか涙腺を刺激した。
「でも、ホントおいしいよね‼　あたし、これなら10個くらい食べれるよ‼」
「……それ太るよ？」
「やだなー麗紀ったら。冗談だよー」
　あーおいしかった、と美歌はシュークリームが入っていた袋を小さく結ぶ。
　それから、学校に着いて、楽器を準備室にしまって先生

の話を聞いた。
　山ちゃんが話しながらまた泣きだすから、あたしたちもつられて号泣してしまった。
　そして、帰ろうとしたとき、1年生があたしたちひとりひとりに赤いバラをくれた。
「今まで、お疲れ様でした」
　そう言って、目に涙を浮かべながら。
　それでまた、あたしたち2年生は号泣。
　人生の中で、一番泣いた。

「……引退、しちゃったねー」
　帰り道、美歌がすごい鼻声で言った。
「しちゃったねぇ……。でも、よかった。みんなで笑えて」
「うん……。今度さ、音楽室でパーティーしようだって。ジュースとかは山ちゃんのおごりで」
「また山ちゃんにおごらせるんかい」
　そう言うと、美歌は笑った。
　そして、美歌と別れて自分の家へ。
　お父さんとお母さんは今日、会場まで来てくれたから、金賞だったことも知っている。
　早く一緒に喜びあいたい。
「ただいまー」
「あ、麗紀！　おかえりー!!」
　いつにもまして、お母さんの声が元気だ。
　リビングに行くと、すでに夕食が用意されていた。

「あれ、お父さんは?」
　あたしがそう言うと、お母さんは微笑んだ。
「ケーキ買いに行ったのよ。金賞のお祝いにね」
「そっか……」
　小さくつぶやいたときに、ちょうどお父さんが帰ってきた。
「おお、麗紀。金賞、おめでとう」
「……ありがとう」
　なんだか、少し照れる。
　あたしはホメられるのが苦手だ。
　だからいつも、苦笑いしてしまう。
「お母さんなんて、感動して泣いてたんだぞ」
　肩をすくめながら、お父さんが言った。
「えぇ!?　な、泣いた!?」
　あたしは驚いて、お母さんの方に視線を移す。
「……いや、なんかね。麗紀たちの演奏聴いてたら、いろんな感情がこみあげてきちゃって……」
　そう言って、お母さんはイスに腰かけた。
　……感動、してくれたんだ。
「さ、食べましょう!　冷めちゃう前に」
　お母さんの言葉で、あたしとお父さんもイスに座る。
　テーブルには、隙間がないほどたくさん料理がのっている。
　こんなに食べられるのかな。
　最近、あんまり食欲がなくて、食べる量も減ってきてい

る。
　でも、今日はお腹空いてるし、食べられるかな。
「いただきます」
　食事中、他愛もない話をたくさんした。
　コンクールまでの道のりや、今日の舞台裏でのこと……。
　そんな話をしながら食べていたら、あっという間に食べ終わっていた。
「あー、もうお腹いっぱい！　ごちそうさま！」
「ふふ、ちょっと作りすぎちゃったかしら」
　そう言って、お母さんは食器を片づけはじめる。
「あ、お母さん。手伝うよ」
「あら、気が利くわねぇ」
　あたしは、スポンジに洗剤をつけた。
　お父さんがイスにもたれかかりながら、「じゃあ、ケーキはお腹が落ちついたら食べようか」と言う。
　そうだね、とあたしとお母さんの声が重なった。
　そんな些細なことが、すごくうれしかった。
　病気の宣告を受けた直後は、お母さんと話しているときも、心から笑えていなかったから。
　今日のあたしの笑顔は、本当の笑顔だよ……。

　食器を洗い終わり、いったん部屋に戻った。
「疲れたぁ」
　そう言って、ベッドに倒れこんだ。
　──ズキッ。

「……うっ！」

　頭の奥の方で、うずくような痛みがあたしを襲う。

　これはきっと、あたしの夢が壊れていくサイン。

　いっこうに、この痛みは治らない。

「……金賞取ったし……」

　……これでもう、心残りは……。

　そこまで考えて、やめた。

　ははっ、と乾いた笑いが漏れた。

　ふいに、自分の右手を見る。

　手首には、紗夜が"金賞が取れますように"という願いを込めて作ってくれた、黄色とオレンジのミサンガ。

　不器用な紗夜が、２年生全員の分を……よく作ってくれたと思う。

「麗紀ー！　９時前にはケーキ食べちゃいましょう！」

　下から、お母さんの声が聞こえた。

　ベッドから起きあがって、下に行く。

「わぁ、おいしそう！」

　おなじみのケーキ屋さんのショートケーキ。

　でも、今日食べたケーキは、いつもよりとても甘く感じた。

「ごちそうさま。おいしかった」

　今日は、食べすぎかな。

　もう、胃の中に隙間がない。

　お腹をさすりながらお風呂に入り、部屋に戻ると、あたしはすぐベッドにもぐりこんだ。

今日は疲れたな……。
でも、幸せな一日だった。
……そういえば、明日はまた病院に行かなきゃ。
あ、ゆかちゃんに会えるかな……。
そんなことを考えていたら、いつの間にか眠ってしまった。

隠さなきゃ

「じゃあ麗紀さん、また着替えてくださいねー」
　看護師さんから、この前と同じ水色のラインが入った病衣を渡された。
　そしてまた、同じように個室で着替える。
　今日は３連休の最終日で学校は休みだから、制服じゃなくて私服だけど。
　それから、いろんな検査をした。
　MRIだけじゃなく、まっすぐな線の上を歩くこととかして……。
　なにを調べてるのかは、よくわからなかった。
「じゃあ、麗紀さん。次の検査まで時間があるので……40分後にまた待合室に来てください。それまでは自由でいいですよ」
「はい……」
　自由って……。
　病院の中に、自由もなにもあるのだろうか。
　今日は、お母さんは用事があっていない。
　ゆかちゃんのところに行こうかな。
　エレベーターに乗って、304号室を目指す。
　初めて来た階なので、なんとなく不安になる。
「あ、あった」
　304、と小さく書かれた扉の横には『緒川　優香』と書

かれていた。
　ゆかって、こういう字を書くんだ。
　そう思いながら、扉を小さく3回たたく。
　すると中から、「はーい」と、幼くてかわいらしい声が聞こえた。
「おじゃましまーす……」
「あ！　れきお姉ちゃん!!」
　扉を開けると、元気な声が病室に響く。
「こんにちは、優香ちゃん。遊びにきちゃった」
「やったー!!」
　優香ちゃんはベッドから下りて、あたしに飛びついてきた。
「ちょ、寝てなきゃダメなんじゃないの？」
　あたしがそう言うと、優香ちゃんは「あっ」と焦りながらベッドに戻る。
　あたしはベッドの横に置いてあったイスに座った。
　病室を見まわしていると、あたしの膝の上になにかがのっかった。
「ん？」
　目線を膝の上にやると、クマのぬいぐるみが置いてある。
「わ、かわいい。これ、優香ちゃんの？」
　そう言うと、彼女は「うん！」とうなずいて笑った。
「これね、お兄ちゃんがくれたの！　わたしのお友達！」
　うれしそうに話すから、なんだかあたしもうれしい気持ちになる。

「お兄ちゃん、優しいんだね」
「うん！　お姉ちゃんもいるの‼　でもね、今は遠くにいて会えないの」
　今の今まで笑顔だった表情が、暗くなった。
「でもね！　お正月に帰ってくるの‼」
　そして、暗くなっていたのに、また笑顔になる。
　自分の気持ちをそのまま表情に表すのは、きっと純粋な子どもだからできること。
　昔のあたしも、こんな無邪気な子だったのかな……。
「あ、今日はわたしとれきお姉ちゃん、同じ格好だ‼」
　そう言って彼女は、「ほら！」と自分の着ている病衣を引っぱった。
「そうだね！　おそろいだね」
　あたしがそう言うと、また彼女はうれしそうに笑う。
　この前、あたしは制服だったもんな。
　病衣なんて憂うつだったけど、優香ちゃんが笑ってくれると、気持ちが軽くなる。
　そんなことを考えていると、病室の扉がコンコン、と鳴った。
　あたしは反射的に振りかえる。
　優香ちゃんママかな……。
　ゆっくりと、扉が開かれた。
「……優香ー」
　その声を聞いた瞬間、心臓がドクンッと鳴った。
　思わず立ちあがり、その反動であたしが座っていたイス

が倒れる。
　そして、あたしの膝の上にのっていた優香ちゃんのぬいぐるみが、ぽとっと地面に落ちた。
「……栗田……？」
　彼は大きく目を見開いた。
　もうかかわらない。
　そう決めた相手が今、あたしの目の前にいる。
　あたしの頭は、働こうとしない。
　それでもただ、"まずい"とだけは、判断していた。
「……お姉ちゃん？」
　うしろから、不安げな声が聞こえる。
　その声は、たしかにあたしの耳に届いているけど、あたしは返事ができなかった。
　ただ、あたしの頭の中では、"まずい"、"逃げろ"、そんな言葉がグルグル回っていた。
　あたしは落ちたぬいぐるみを震えている手で拾い、ベッドの上に置く。
「……栗田……。お前、なんで……」
　彼が一歩踏みだした瞬間、あたしは病室を飛びだした。
「おい！　栗田‼」
「お姉ちゃん⁉」
　そんなふたりの声を背中に聞きながら、エレベーターに飛びのる。
　ボタンを押す手が震えるけど、今はそんなこと気にしてられない。

あたしは、壊れるんじゃないかというくらいボタンを連打する。

こんなに押したって、扉が早く閉まるわけじゃない。

けど、ただあたしは焦っていて。

「……栗田！」

扉が閉まる瞬間、そんな声が聞こえたけど、あたしは無視した。

「……はぁっ」

壁に背を預けて、エレベーターの天井を見上げる。

どうして気づかなかったんだ。

……名前を聞いた時点で、気づけよあたし……。

優香ちゃんの名字が"緒川"だってことも。

お兄ちゃんとお姉ちゃんがいるってことも。

今思えば、サインだったのに……。

本当に気がつかなかった。

"緒川"なんて名字の人はいっぱいいるし、それに、緒川くんに妹がいたなんて知らなかったし……。

「……最悪」

片手で顔を覆ったちょうどそのとき、エレベーターの扉が開いた。

1階でエレベーターを出て、時計を見る。

……あと、15分か。

はぁ、とため息をついた。

中にいたら、また彼と鉢合わせしちゃうかも……。

そう思ったあたしは、中庭へと向かった。

この前座っていた同じベンチに、また座る。
「……まずいでしょ……」
　そう小さくつぶやき、両手で頭を抱えた。
　目を閉じて、さっきの光景を思いだしながら、頭を整理する。
　あたしは、この水色のラインが入った病衣を着ていて。
　優香ちゃんのお兄ちゃんは、緒川くんで。
　きっと、お見舞いに来たんだろう。
　……なんて、タイミングが悪いんだ。
　ため息をつきながら、空を見上げた。
　学校じゃないから、あの鳥はいない。
　でも、今日の空は、雲ひとつない空だ。
「……栗田」
　その声と同時に、青かった視界が急に暗くなった。
　というか、青い世界の代わりに、整った顔がどアップで現れたんだ。
　あたしは驚いたけど、声に出すことはなかった。
　さっきの方が、100倍驚いたし。
「栗田」
　もう一度、優しく呼ばれる。
　この１ヶ月、学校ではほとんど話さず、メッセージも素っ気なく返していたのに、彼があたしに向けてくれる優しさは変わらないんだと感じる。
「……なに？」
　あたしは顔を正面に戻し、そのまま俯いた。

こんな姿で、彼の前に立ちたくない。
こんなのまるで、病人だ。
……いや、あたしは病人か。
そう思ったら、ふっと乾いた笑いがこぼれそうになる。
そのとき、座っていたベンチがギシッと音を立てた。
それは、緒川くんがあたしの隣に座ったから。
「なぁ……栗田」
低く、落ちついた声が耳に届く。
そう何度も、あたしを呼ばないでよ。
どうすればいいの。
あなたはこの姿のあたしを見て、どう思ってるの。
なんでそんな服着て病院にいるんだ、とか思ってるの？
　……その質問をされたら、あたしはどう答えればいいんだろう。
また、はぐらかす？
それとも、正直にすべて言う？
……もう、どうすればいいのか、わからない。
「……大会、どうだった？」
「……え？」
あたしは思わず、伏せていた顔を上げ、彼の方を見た。
この予想外すぎる質問は、なんなんだろう。
「昨日、吹奏楽部の大会だったんだろ」
「うん……」
そういえば、昨日メッセージでそんなこと聞かれてたっけ……。

「結果、どうだった？」
　緒川くんは、微笑みながら言った。
「……金賞、でした……」
　あたしがそう言うと、緒川くんは大きく目を見開いた。
「うお！　マジか!!　すげーじゃん!!」
　大きな声で言うから、あたしは思わず肩を縮こませる。
「金賞か!!　すっげー！」
　キラキラと目を輝かせながら、緒川くんは続けて言った。
　無邪気に、目を細めて笑う。
　あぁ……、そっくりだ。
　優香ちゃんと、そっくり。
「……優香ちゃんと、似てるね」
　するりと、こぼれた言葉。
　その言葉に、緒川くんは驚いたのか、笑うのをやめてきょとんとした顔をする。
「笑い方が、優香ちゃんとそっくり」
「……そうかぁ？　あんま言われたことねーな」
　そう言って、緒川くんは自分の顔をペタペタ触る。
　その様子がおかしくて、あたしは笑った。
　きっと、彼なりに考えた質問だったんだろう。
　なるべくあたしの今の状況に触れないよう、そして、なるべく自然に。
　そう考えたら、"昨日の冬コンの結果"が一番無難な質問だと思ったんだ。
　……いっそ、聞いてくれればよかった。

今思っていることを正直にあたしに言って、あたしのすべてを知ってしまえばよかったのに。
　そうしたら、きっとあなたは、あたしから離れていくでしょう？
　もうすぐ死ぬかもしれない人間に、わざわざ近づく人なんていないでしょう？
「また、優香に会いにきてやってくれないか」
　ふいに、大人びた低い声で言われ、心臓が跳ねた。
「……もちろん。優香ちゃん、かわいいもん」
　そう言うと、緒川くんは笑った。
「優香ちゃん、緒川くんからもらったぬいぐるみ、すごい大切にしてた」
　なぜか緒川くんは、悲しい顔をする。
「アイツ……、昔っから体弱くて、入退院を繰りかえしてるんだ。……俺にできることは、ぬいぐるみを買ってやることくらいしかない」
　そう言った彼の横顔が、とても切ない。
　いつもの元気な姿じゃなくて、たまに大人っぽくなるときの表情でもなくて。
　ひどく、自分を責めているのがわかって、悲しい。
「……ちがう。緒川くんは、優香ちゃんを大切に思ってる。……それは、優香ちゃんにきっと伝わってるよ。優香ちゃん、あのぬいぐるみを"わたしのお友達"って、すごくうれしそうに言ってた」
　どうして、もっとうまいことが言えないんだ、あたしは。

励まそうとしてるのに、結局、励ましてるのかよくわからないことを言ってしまった。
　それでも緒川くんは、「ありがとう」と優しく笑った。
「なんか、栗田にそう言ってもらえて、スッキリした。俺、今の話、誰にも言えなくてさ。でも、栗田に聞いてもらえてよかった」
　ニカッと笑った緒川くんに、あたしは曖昧に笑った。
　あたしなんかが聞いて、いい話だったんだろうか。
　だって、彼はあたしに悩みを打ち明けてくれたのに、あたしは彼にずっと隠しごとをしているから。
　本当は病気で、あとどれくらい生きられるかもわからないんだ……と。
　あたしはずっと、この誰にも言えない話を抱えて生きていくんだ。
「お前も、悩みとか言えよ。あ、でも、俺に言う前に中谷に言うか」
　……美歌……、にも言えないんだけど。
「……あたしの悩み……は、きっと、いつかわかるかな」
「え……？」
　あたしの言葉に、意味がわからないという表情をした緒川くん。
「じゃあ、あたし、行くね。また明日」
「……あ、……また、明日……」
　不思議そうにあたしを見る緒川くんを置いて、病院の中へと戻った。

待合室に行って、イスに座ったとき、ちょうど名前を呼ばれた。

診察室に入ると、先生がいた。

あたしは先生の前に置かれたイスに座る。

「あ、麗紀さん。……今日は、親御さんは？」

「いないです。あたしひとりで来ました」

そう言うと、先生は「そうですか」と言いながら、紙をめくった。

その顔は、いつもより険しい。

イヤな予感がする。

「……腫瘍、どうですか」

あたしの言葉に、先生は眉をピクリと動かした。

これは、先生のクセだ。

何度か診察に来て知ったけど、この先生は、よくないことを聞かれると眉がピクリと動くんだ。

イヤな予感が、どんどん確信に変わっていく。

「先生。言ってください。……普通は、最初に親に言うことなんだろうけど……」

……ドラマとかだと、子どもの容体が悪いと、先生は先にその子の親に細かい容体を伝える。

でも、そんなの、あたしはイヤだ。

本当のことを聞くのは、怖い。

でも、自分の体のことは……自分の命のことは、きちんと知っていたい。

なにも知らないなんて、イヤだ。

「自分の命のことは、知っておきたいんです。……お願いします」

　そう言って、あたしは頭を下げた。

　きっとあたし、面倒くさいヤツだ。

　しつこい、って思われてるかも。

「……あなたは、強いですね」

　あたしは頭を上げ、先生の顔を見る。

　その表情に浮かぶのは、悲しげな笑みだった。

「……でも、その強さは、自分を壊してしまいます。精神的にも、壊れます」

　……いっそ、壊れてしまえばいい。

　なにも考えずに、ただ自分の"終わり"を迎えられたら、どれだけラクなんだろう。

"未来"と"希望"を捨てられたら、どれだけラクなんだろう。

　でも、生きている以上自分の"未来"を考えてしまうし、"希望"を抱いてしまう。

　それは、生きている証拠だ。

　今を生きて、考えている証拠。

「今日、親御さんは何時頃帰ってきますか？」

「……えっと、今日は4時頃って言ってました」

　そう言うと、先生は少し考えて、

「では、4時半頃、親御さんと一緒にまた来てください。あなたと親御さんに、話します」

　と、覚悟を決めたような目で言った。

きっと、あたしの"精神"が壊れないよう、親も一緒に、と言ってくれたんだろう。
　あたしは頷いて、診察室を出た。

　帰り道、お母さんに電話をした。
「4時半頃、また病院に一緒に行こう」と。
　電話越しで表情はわからなかったけど、お母さんもなにか覚悟したような、真剣な声で『わかったわ』と言った。
　冷たい風が、肌をなでる。
　もうすぐ、雪が降る季節だ。
　この街が、きれいな白に染まる。
　道も、家の屋根も、山も……。
　冬の朝は、とてもきれいなんだ。
　太陽にキラキラ反射して……海の反射とはまたちがう、儚い光。
　帰り道の土手で、妊婦さんと小さな女の子の親子とすれちがった。
　大きなお腹を片手で支えて、そしてもう一方の手は、女の子とつながれていた。
　ふたりとも、幸せそうに笑っていて。
　きっと、この先の"未来"を持ってる。
　生まれてくる子の未来、小さな女の子の未来。
　未来を考えられることが、どれほど幸せなことか。
　きっと、知らないだろう。

「ただいま」
　家に着き、そう言って靴を脱いだ。
　そのまま、いつもなら自分の部屋に行くけれど、あたしはリビングに向かった。
　ふと、壁に書かれた数本の横線が目に止まる。
　近づいて見ると、線の横に"麗紀、8歳"とマジックで書かれていた。
　そのまま下をたどってみると、7歳、6歳と1年ごとに書かれていた。
　そういえば、誕生日にこんなことやってたな。
　そう思いながら、横線を指でなぞる。
　8歳から上に、線は書いていなかった。
　でも、たしかにあたしの成長の印が、そこに刻まれていた。
「……うっ」
　突然吐き気が込みあげ、あたしは口に手を当て、そのままトイレに駆けこむ。
「……ゴホッ……」
　そのまま、吐いてしまった。
　そうなって、確信する。
　あたしの病気は、重くなっている。
　前に、インターネットでこの病気のことを調べた。
　この病気の症状は、頭痛、頭重、吐き気、嘔吐、目眩、耳鳴り……。
　そして、最近のあたしは、頭痛に加えて、耳鳴りや目眩

も起こる。
「……なんで……」
　ゴホッと、むせながらつぶやいた。
　そのまま、頭を抱えこむ。
　なんで、あたしは病気なの。
　なんで、あたしに未来を見せてくれないの。
　なんで、あたしに希望を持たせてくれないの。
　なんで、なんで……。
「ゲホッ……」
　喉が、苦しい。
　それは、吐き気のせいなのか、今泣いているからなのか、わからないけれど。
　さんざん泣きはらして、冷たい水で顔を洗った。
　腫れぼったくなっていた目に、ヒヤリとした水が気持ちよく染みる。
　……泣けば、少しはスッキリするんだ。
　でもそのスッキリした気持ちは、ほんの一瞬なんだけど。
　顔をタオルで洗いながら、時計を見ると、もう少しで4時になるところだった。
　冷蔵庫を開けて、お茶を飲んだ。
　苦しかった喉に、スッと落ちる冷たい液体。
　ちょうどそのとき、お母さんが帰ってきた。
「おかえり、お母さん」
　そう言うと、お母さんは優しく笑った。
「ただいま。……このまま、病院、行きましょうか。顔色

悪いけど、大丈夫？」
「うん……大丈夫……」
　そう言うと、すぐに支度をして車に乗った。
　お母さんは余裕がないのか、なにもしゃべらない。
　会話がないのがイヤだったから、あたしは音楽の音量をいつもより上げた。

　そのまま、病院に着いてからも会話をせずに、あたしとお母さんは受付を済ませて待合室のイスに座った。
　はぁ、と息を吐く。
　汗ばんでいた手をコートで拭った。
『……栗田さーん。栗田麗紀さーん』
　名前を呼ばれ、ふたり同時に立ちあがった。
　診察室の扉を開けて、いつものように先生の前に置かれたイスに座る。
　お母さんは、あたしのうしろに立った。
「……麗紀さん。大丈夫ですか？」
　心配そうにたずねてきた先生。
　あたしは、いつもより低い声で「はい」とだけ答えた。
　お母さんの手があたしの肩に置かれた。
　震えてる……。
　あたしが覚悟できていてもお母さんはできてないか……。
　ごめんね、お母さん。
　こんな急に、連れてくることになってしまって。
「……麗紀さん、お母さん……。……麗紀さんの腫瘍は大

きくなっています。スピードは上がっています」
 先生はあたしの目を見て言った。
 あたしは決して、目を逸らさない。
 先生からも、現実からも。
「……麗紀さんは若いので、まだまだ体力があります。でも、その若い分、病気の進行が速いです。この前は遅くなっていたのですが、悪性の腫瘍は、普通は月単位で進行しますが、ときには週単位で進行します。……今の麗紀さんの腫瘍は、予想以上のスピードです」
 そう先生は、言った。
 あたしは俯き、小さく深呼吸する。
 今の話を、無理やりにでも頭に理解させるために。
「……もう、この大きさでは、本当に手術は不可能です」
 先生がそう言った瞬間、あたしの肩に置かれていたお母さんの手が離れた。
 そして、うしろですすり泣く声。
 その声が、イヤに耳に響く。
『手術はしたくない』
 その気持ちは本当だった。
 でも、心のどこかで「手術をすればもしかしたら……」って思ってた。
 お母さんだって、冬コンが終わったら、あたしを説得するつもりだったんだと思う。
 でも、間に合わなかった。
 もう、あたしは助からない。

儚い希望は、こんなにもあっけなく、打ちくだかれてしまった。
「このまま大きくなって、頭蓋内圧が高まると、脳ヘルニアが起こり、呼吸や意識の障害が現れます。その前にも、頭痛や嘔吐、目眩などがあって、日常生活を送ることは難しいと思います」
　先生は淡々と話す。
　理解していたつもりだったけど、面と向かって言われると、頭が混乱してしまう。
「……入院を、考えてください」
　最後まで、先生はあたしから目を逸らさなかった。
　入院……。
「それだけは、イヤです」
　あたしは、ちゃんと生きてくって決めたから……。
　病院にいたら、なにもできない。
　先生は初め、難しい顔をした。
　でも……。
「あなたなら、なんとなくそう言う気がしてました」
　そう言って、微笑んでくれた。
　離れていたお母さんの手が、またあたしの肩に置かれる。
　もう、震えてはいない。
「でも、麗紀さん。本当に、大変ですよ。嘔吐と言っても、吐き気はほとんど感じないのに、突然噴射するように吐く"噴射性嘔吐"を起こすこともあるんです」
「……それは、なんとかします」

……なんとかなるかは、わからないけど。
　すると、先生は決意したような表情になった。
「……私も、最善をつくします。全力でサポートします。でも、本当に危険だとわかったら、入院してもらいます」
「はい。よろしくお願いします」
　あたしが頭を下げると、お母さんも一緒に頭を下げた。

　病院を出て、車に乗った。
　シートベルトをしめるときのカチャンという音が、狭い車の中に響く。
「……麗紀、すごいわね」
　お母さんがつぶやいた言葉を聞いて「……え？」と聞きかえす。
「なんだか、麗紀がすごく大人に見えたのよ。本当に、驚いた」
　エンジンをかけながら、お母さんが言った。
　振動が、体に伝わる。
「あたしも、成長するからね」
　そう言うと、お母さんは笑いながら「そうね」と言った。
　こうしてる間にも、あたしの頭の中にある塊は大きくなっている。
　速いスピードで。
　止まることなく、塊を大きくして、あたしの命を削っていってる。
　あたしに残された時間は少ない。

あと、半年。
ううん。もう、半年もないんだ。
今、ここにいるあたしは、いなくなる。
でも、あたしがいなくなっても、お母さんやお父さん、美歌はいるんだ。
……そう考えると、なんだか不思議だ。
あたしの時間は止まっても、みんなの時間は動き続ける。
未来に向かって、歩くんだ。

家に帰ると、お父さんが先に帰っていた。
そこで、おそらくあたしのことを話すために、「麗紀は部屋に戻ってなさい」と言われ、あたしはそれに従った。
……あたしは、最低だ。
子どもが親より先に死ぬなんて、どれだけ親不幸なことだろう。
今まであたしを愛してくれたのに、あたしはその愛に応えることができない。
「ごめんね……」
ほそりとつぶやいた小さな声が、静かに部屋に響いた。
胸が、モヤモヤする。
自分が情けなくて、イラつく。
なにもできない自分に。
親に対しても、友達に対しても、自分に対しても……。
自分の不甲斐なさに、腹が立つ。
……きっとあたしは、最初からあきらめていたんだ。

自分の命は、あと半年。
　そう言われるよりも、ずっと前から……なにをするにも、否定から入っていたあたし。
　そんなこと、できるわけがない、と。
　でも、そんな、なにに対しても否定していたあたしを、お父さんとお母さんは愛してくれた。
　少しでも、夢が持てるように……。
　それでもあたしは、夢を持つことができなかった。
　これからも、あたしは夢を持つことはないだろう。
　でも……でもあたしは、"今"を考える。
　今を生きるから。
　少しでも前向きに、小さな一歩で、前に進むから。
　たとえ半年の命だとしても、前を向いて……たくさん迷ったって、止まらず歩み続ける。
　あたしにできることは、全部していくから。
　だからどうか、どうかあたしに……、
"死ぬことなんか怖くない"
　と思える勇気をください。

　翌朝、学校に行くのが、憂鬱だった。
　頭もズキンと痛んだし、それに吐き気もあった。
　でも、学校に行くのが憂鬱なのは、そんな理由だけじゃない。
　緒川くんと顔を合わせたら、苦しい気持ちになると思ったから。

それでも学校には行かなくちゃ。
　ひとつでも多く、思い出を作るために。
「おっはよー‼」
　通学路を歩いていると、元気なあいさつと同時にうしろから肩をポンッとたたかれた。
　何気なかったはずのこのあいさつが、なんだかジンと胸に染みる。
「おはよう、美歌」
「あれ？　麗紀、寝グセついてるよ‼」
　あたしのうしろ側の髪を指さしながら、美歌が言う。
「ウソ！　どこどこ⁉」
　あたしは髪を手で押さえながら言った。
　すると、美歌はニヤリと笑って、
「ウッソー！　やーい、麗紀、だまされたー‼」
　と豪快に笑った。
　そんな美歌の様子に、あたしはポカンとしてしまう。
「あっはっはっは‼　おもしろーい！」
　お腹をさすりながら、美歌は笑う。
　なにがそんなにおもしろいのかはわからないけど、美歌はツボにハマってしまったらしい。
　小さく、笑いの混じったため息をつく。
　本当に、意味わかんないんだから……。
「もう、美歌！　笑いすぎー」
「あはは‼　だっておもしろいんだもん！」
　美歌は一度ツボにハマると、なかなか抜けだせない。

結局、学校に着くまで笑っていた。
　でも、そのおかげで、あたしも家を出る前より楽しい気持ちになれた気がする。

　下駄箱で靴を履き替えていると、ふと美歌が口を開いた。
「……そう言えば、もう朝練に行く必要ないんだよねぇ」
　さっきまで楽しそうにしていたのとは真逆に、なつかしむような、落ちついた声で言った。
「そうだね……。なんか、朝、暇だね」
　今日だって、ついつい早く来ちゃったし。
　美歌もそれは同じだったみたい。
　習慣になっていたことが急になくなると、心にぽっかり穴が空いてしまったような気持ちになる。
「……まぁでも、いっぱい話ができるよね」
　朝練がない分、空いた時間はたくさんある。
　あたしはその空いた時間を、美歌との思い出作りに費やしたいと思ったんだ。
「……そうだね!!　ガールズトークしよ！」
　元気よく笑って、美歌は靴を下駄箱にしまった。
　教室の扉を開けると、とても静かだった。
　こんなに朝早く教室に入ったの、いつぶりだろう……。
　そう思いながら、カバンを机の横にかける。
「麗紀！　ちょっと待ってて!!　トイレ行ってくる！」
　早口で言って、美歌はトイレに向かって走っていった。
　美歌がいなくなったことで、さらに静かになる教室。

あたしは自分の席のイスに座って、外の景色を眺めた。
あと1ヶ月で冬休みだ……。
澄んだ空を見ながら、ぼんやりと考える。
今年の冬休みの予定は、病院通いで埋まってしまいそうだな……。
はぁ、と短くため息をつく。
病気の進行が速まっているなら、先月半年と言われた余命も、きっと短くなるだろう。
あたしは、年を越せるんだろうか。
……年くらいは越せるか。
年は越せても、みんなに会えるんだろうか。
——ズキンッ。
「……っ……！」
片手で、頭を押さえる。
目が回る。
心臓が、狂ったみたいにドクドクと強く波打つ。
「はぁ……っ」
どうしよう……。
『突然噴射のように吐く"噴射性嘔吐"を起こすこともあるんです』
先生の言葉が、頭を過る。
どうしよう……でも、ここで倒れるわけには……。
フラつきながら立つと、ガタンッ、とイスが倒れてしまった。
息が苦しい……。

「……麗紀……?」
　——ドクンッ。
　さっきまで速くなっていた鼓動が、止まるかと思った。
　もう、頭の痛みなんかも忘れてしまって。
　でも、代わりに冷や汗がドッと出る。
「……麗紀、顔……まっ青だよ……?」
　教室の入り口で、震える声で美歌が言う。
　ねぇ、美歌。
　美歌も、顔がまっ青だよ。
　——ズキンッ。
「うっ……あ!!」
　急に足に力が入らなくなり、あたしはその場に転ぶ。
「麗紀!!」
　大きな声が、教室に響く。
　美歌はあたしに駆けより、しゃがみこんだ。
「……いてて……」
　あたしはイスにぶつけた背中をさすりながら言った。
「……ごめん……、ドジッちゃって……」
　へへっ、とわざとらしく笑う。
　その間に、症状はだいぶ落ちついて、呼吸もラクになっていた。
「……ねぇ、麗紀……」
　低い声に、思わず息をのむ。
　美歌は、背中をさすっていたあたしの手に、自分の手を添えた。

温かい美歌の手。
　それでも、なぜか心では、とても冷たく感じるんだ。
　この手に触れると、今はものすごく悲しくて、泣きたくなってしまう。
「……本当のことを……、言って」
　キュッと、美歌はあたしの手を握る。
　やめて、美歌。
　そんな手で触れられたら、あたしはまた、美歌にウソをつくのがつらくなるでしょう？
　あたしの心が、その美歌の温かい手を拒絶する。
　この温かさが、じんわりと心に染みわたってくるのが、悲しい。
「本当のことって、なに？」
　あたしはとぼけながら、美歌の手から逃げるように立ちあがった。
　悲しげな美歌の瞳が、視界の隅に入る。
　お願い美歌。
　そんな、泣きそうな顔、しないで。
　あたしは美歌を、泣かせたくないんだよ。
「今のはちょっと……ボーッとしてただけで。……それに、朝から体調悪くてさ。でも、まぁ……今は平気だから」
　ところどころ、言葉に詰まってしまう。
　心臓はドクドクとうるさい。
　あたしは美歌から目を逸らして、窓の外を見る。
　きれいに晴れた、青い空。

その澄んだ青に、あたしのずるい心を見透かされる。
　そして……観念したかのように、ある決意がかたまっていく。
　本当はずっと、そうした方がいいと思ってた。
　でも、覚悟ができなくて、目を逸らし続けてた。
　今を生きたい、なんて。
　思い出を作りたい、なんて。
　都合のいい夢を見て、自分のことだけ考えてた。
　だけど……だけど、やっぱり……。
「……ウソだよ」
　美歌は、立ちあがる。
　あたしは外の景色を見たまま、美歌の言葉を聞いていた。
「ねぇ、麗紀。……これ以上、無理しないで。これ以上、自分を追いつめないで。本当のことを、全部……あたしに、言って……」
　最後の方の声は、とても震えていた。
　美歌の言葉が、心に突き刺さる。
　喉が、締めつけられる。
　それなのに、空は青くて。
　こんなにも澄んだ青が、あたしたちを壊す色になるなんて。
　残酷すぎる光景を見つめたまま、あたしは口を開く。
「……もう、やめよう」
　そして、ほそりとつぶやいた。

大好き……だから

　ねぇ、美歌。
　あたしは、美歌のこと、大好きだよ。
　毎日笑顔の美歌が。
　毎日元気な美歌が。
　とっても、きれいな音を奏でてくれる美歌が。
　いつでも、あたしを引っぱってきてくれた美歌が。
　あたしは、大好きだよ。
　だから、もう、ウソをつくのはつらいんだ。
　美歌を、泣かせたくないの。
　美歌を、無理やり笑わせるのは、イヤなんだ。
　だから、美歌。
　あたしのことを、キライになってください。
「……なにを、やめるの」
　さっきまで震えていた美歌の声が、今は強気だ。
　わかる。今、美歌は怒ってる。
「ねぇ、美歌。……もう、ダメなんだよ」
　あたしが、もうダメなんだ。
　あたしはもう、美歌と一緒にいられる自信がないんだよ。
「なに、言ってるの……麗紀」
　なにかを訴えるような声で、美歌があたしに問いかけた。
　あたしはそれを止めるように、美歌の方に顔を向け、まっすぐに目を見る。

「もう、疲れたんだ。あたし、もう美歌とは一緒にいたくない」
　また、喉が締めつけられる。
　美歌、ウソだよ。
　本当は、ずっと一緒にいたい。
　おばあちゃんになっても、話していたい。
「もう、やめよう」
「……なに‼　なにをやめるの⁉」
　美歌は声を荒げる。
　初めて見る表情だった。
　不安で不安でしかたなくて、ウソだと信じたくて。
　でも、なにを信じればいいのかわからなくて。
　ただ、叫ぶことしかできないんだよね。
　美歌は、それでいい。
　今から、美歌の中で"栗田麗紀"は、最低な人間になるから。
「ねぇ、美歌。あたしが今まであんたに、ウソをついてきてないとでも思った？」
　わざと笑いを含んだ声で言う。
「あたしは、今まであんたにウソばっかりついてきたよ。本当のことを話したことなんて、一度もない」
　ごめん、ごめんね。
　ウソをついたこともあったけど……それは、病気に関することだけ。
　本当のことを話したことの方が、ずっとずっと多いんだ

よ。
　当たり前でしょ。
　あたしは、美歌にウソがつけないんだから。
「うんざりしてたよ、あんたには。いっつもくっついてきてさ」
　なのに……。
　どうして、今はこんなウソが次々出てくるんだろう。
　どうして、あたしは美歌にこんなひどい言葉を投げつけることができるんだろう。
　美歌を傷つけないために、離れようとしてるのに……。
　今、こうして美歌を傷つけてる。
　もう、なにもかも、わからない。
　美歌は、唇を噛んで、泣くのを必死に我慢してる。
　ごめんね、美歌。
　あたしは、終わりの言葉を言おうとした。
　でも……。
「……麗紀……ウソ、でしょう？」
　かすれた声で、美歌が言う。
　どうして、バレるんだ。
　……いや、バレて当然なのかもしれない。
　あたしが美歌のことを知ってる分、美歌もあたしのことを知ってるんだから。
　それでも、美歌、あたしを忘れて。
「……あんたなんか、ずっと大キライだったよ」
　そう言った瞬間、パンッ、と音が鳴った。

すぐに右頬に痛みを感じる。
美歌があたしをたたいた。
美歌があたしに手を上げるなんて、初めてだ。
……美歌、それでいいよ。
きっと、今の音が、あたしたちの終わりの音。
あたしはそのまま、美歌の顔を見ずに、カバンを持って教室を出た。

ひとり、階段を上りきり、屋上の重い扉を開ける。
今日は、ここで一日を過ごそう。
あんなことして……教室にはいられない。
美歌の顔を見たら、涙がこぼれてしまいそうだから。
だけど、この時間に家に帰っても、心配されるだけだ。
あたしはカバンをコンクリートの上に放り投げた。
ドサッ、という音とともに、カシャンと小さい音も聞こえて、なんだろうと目で探す。
「……あ……」
美歌とおそろいの、クマのストラップ。
そのストラップのチャームが切れて、落ちたんだ。
あたしは、そのストラップを手に取る。
何年も前に買ったから、水色が少し汚くなっている。
たしか、美歌はピンクを買ったんだっけ。
「……っ……」
温かいものが、あたしの頬を伝う。
そして、そのまま、あたしが持っていたストラップを濡

らす。
　どうして、涙はこんなに温かいの。
　今日の空といい、すべてがあたしの心とは正反対で。
　でも、風だけは冷たいんだ。
　冷たい風があたしを優しく包んで、冷たい風があたしの涙を冷やしてくれる。
　ねぇ美歌。
　本当は、すっごく悩んだの。
　美歌は、あたしが死んだら泣くでしょう。
　あたしだって、美歌が死んだら泣く。
　だからさ、どうお別れをしようか、ずっと考えてたんだ。
　あたしは、卑怯者だし、優柔不断だし、弱いし、ネガティブだし。
　だから、あたしは逃げたんだよ。
　美歌の心から、逃げたんだ。
　最後まで向き合ってお別れするなんて、どうしても悲しすぎて。
　怖くなって、美歌の純粋できれいな心から逃げて。
　こんな、最低な別れを選んで……。
　そして今、惨めなくらい、悲しいんだ。
　美歌の心から、記憶から、あたしは消えなくても……。
"最低な人間"として残れば、それでいい。
　でも、その考えとは裏腹に、あたしの心は泣く。
　……今朝、思ったことは本当なんだよ。
『暇な時間を、美歌との思い出作りに費やしたい』

そう思ったのは、本当なんだ。
　でも、この空を見てたら、なんだかさ、そんなのはムダなんじゃないかって思った。
　だって、あたしは死ぬんだもん。
　美歌よりも、ずっと早く死ぬんだ。
　そんなあたしに、思い出なんて、いらないでしょう？
『今を生きよう』
　そう決めたくせに。
　結局あたしは、すべてから逃げてる。
　未来のことを考えて、あたしは美歌にあんなことを言ったんだから。
　──ズキンッ。
「……っ……ふざけないでよ‼」
　頭を抱えて、叫ぶ。
「なんで、なんでこんなことにならなきゃいけないの⁉　この……この塊さえなければ‼　なんでこんな思いしなきゃいけないの⁉　……ホントは……っ……」
　悲痛な叫び。
　でも、その叫びはただ、空気の中に消えていく。
　誰にも届くことなく、青い空に吸いこまれていく。
　それでも、叫ばずにはいられなかった。
　本音を言わなきゃ、気が済まない。
「……ホントは……生きたいのに……」
　一番、願ってはいけないこと。
　願ったって、意味がないから。

でも、願わずにはいられない。
　人は、死ぬ寸前まで、きっとなにかを願っているんだから。
　みんな、幸せや健康、そして夢を願ってる。
　そして、人は、生まれたときから自分以外の誰かに願われている。
"この子が幸せになれますように"と。
"この子が健康でいられますように"と。
　それでもあたしは、"生きたい"と願えない。
　もう、そう願う勇気が、あたしにはない。
　あたしは涙がこれ以上こぼれないよう、上を向いた。
　目の前には、きれいな青。
　どこまでもつながっている空。
　まぶしい……。
　あたしは上げた顔を下に戻した。
　すると、目の前には曇った灰色。
　硬い、コンクリート。
「……っ……」
　涙が落ちて、コンクリートの灰色が黒くなっていく。
　もう、なにも見たくない。
　なにも聞きたくない。
　なにも感じたくない。
　ギュッと、目をつむる。
　すると、目からたくさんの涙がこぼれ、頬が濡れていく。
　まっ暗な世界の中で、それでも、どこか光っているよう

な。
　そんな世界に、目が回りそうになる。
　手に持っているストラップを握りしめた。
　ねぇ、美歌。
　あんたは今、どうしてる？
　怒ってる？　それとも、泣いてる？
　ごめんね。
　謝っても、届かない。
　今さら謝ったって、意味がない。
　ひとりの人との絆を失うだけで、こんなにも悲しくなるのか。
　あたしは握りしめていたストラップを、スカートのポケットに突っこんだ。
　そして、重い屋上の扉を押しあける。
「……栗田？」
「……っ……!?」
　正面から聞こえてきた声に驚いて、扉が開いて止まった状態で、ドアノブから手を離す。
　前を見ると、もう何度も忘れると決めた人が立っていた。
　思わず、一歩、二歩と下がる。
　どうして、どうして今来るんだ。
　どうして、キミはあたしが悲しいときに来るの。
「栗田……どうした？」
　優しい、低い声。
　その声が、あたしの涙腺を刺激する。

あたしは言葉をなくす。
　　もう、頭がまっ白で。
「……栗田？」
　　なにも言わないあたしに、緒川くんは近づいてくる。
　　彼が外に出た瞬間、あたしは横を通りすぎて、出口を抜けようとする。
「……ちょっと、待て‼」
　　だけど、腕をつかまれてしまった。
　　その力は、あまりにも強い。
「……っ……なんでお前……なんでこんな所で、ひとりで泣いてるんだよ⁉」
　　青空の下、緒川くんの声が、痛いくらい頭に響く。
　　それは、怒鳴り声とかじゃなく、悲しい声で。
　　震えた声が耳に残る。
「……なんでって……」
　　振り向かず、かすれた声でつぶやく。
「……関係……ないでしょ」
　　声が震える。
　　緒川くんには、関係ないこと。
　　これは、あたしと美歌の問題だ。
　　いや、もうあたしと美歌は終わってしまったんだから、問題でもなんでもないんだけど。
　　それでも、あたしが泣いてる理由は……。
　　結局、あたしは死ぬのを待つしかないんだな、って思ったから。

「……俺、言ったよな。なんでも言えって。悩みとか、全部俺に言えって」
　低い、落ちついた声。
　腕をつかまれる力が、少し強くなった。
　その少しの力が、あたしの涙腺をまた刺激する。
　目頭が熱くなる。
　あたしは唇をギュッと噛んだ。
「……栗田……」
　低い声と同時に、あたしの腕をつかんでいた力が弱まった。
　あたしは驚いて振りかえる。
「……っ……」
　思わず、息をのんだ。
　彼が、あまりにも悲しい顔をしていたから。
　どうして、そんな泣きそうな顔してるのよ……。
　あたしはまた、唇を強く噛む。
「……っ……なんで、なんでお前は、いつも泣くのを我慢してんだよ!!　なんで自分の気持ちを表に出さない⁉　……前のお前は、笑ってたのに。……最近のお前はさ……なんかあきらめてんだよ。笑ってても、笑ってねぇんだよ」
　苦しそうにあたしから目を逸らして、緒川くんは言う。
　……前のあたしって、病気のことを知る前のあたし？
　きっとそうだよね。
　だってあの頃は、本当に楽しかったんだ。
　今はもう、あまり思いだせないけど。

この短期間に、いろんなことがありすぎて。
もう、頭がパンクしそう。
心がはち切れそう。
「……なにを、抱えこんでるんだよ……」
その声はとても小さくて、まるでひとり言のように聞こえた。
緒川くんは悔し気に、自分の前髪をグシャッとつかんだ。
その手の影に、彼の顔が隠れる。
……前にも言ったでしょう？
あたしの悩みは、いつかわかるって。
あたしの抱えこんでることは、きっといつかわかる。
そのときは、もうあたしはいない。
「……離して」
そう言って、あたしは彼の手を振りはらった。
緒川くんは驚いて、こちらに視線を向ける。
あたしはその視線をつかまえる。
この人とも、お別れしよう。今度こそ本当に。
小さく、深呼吸した。
「……あなたに関係ないでしょ。あたしが悩もうが、なにか抱えこんでいようが、あなたには関係ない。話したところで、あたしを助けてくれるの？」
なるべく低い声で、冷静に。
声が震えないよう、強気でしゃべる。
緒川くんは眉を寄せながらも、黙って聞いてくれていた。
「……緒川くんには、できないよ。あたしを助けることな

んか」
　そう、誰もあたしを助けることはできない。
　美歌でも、親でも先生でも、緒川くんでも。
「もう、あたしにかかわらないで……きっと……」
"きっと、後悔するから"
　そう言おうとしたのに、喉が詰まった。
「……じゃ」
　あたしは彼から視線を外して、今度こそ出口を抜けると、重い扉を閉めた。
　ガシャンッ！と大きな音が、耳に響く。
　その大きな音のせいか、目眩がした。
　壁に手を当てながら、階段を下りる。
　……さっきの緒川くんの悲しい顔が、頭から離れない。
　美歌の泣きそうな顔が、忘れられない。
　目を閉じれば、ふたりの顔がはっきり浮かぶ。
　今さら、ふたりのそんな顔を思いだしたって、苦しいだけなのに……。

　教室近くのろう下に出るまで行くと、ひどく静かだった。
　今はもう、SHRの時間か……。
　あたしは誰かに見つからないよう、隠れながら下駄箱に向かった。
「……本当に、静か……」
　まるで、時間が止まって、この世にあたししかいないみたい。

自分のため息が、やたら大きく響く。
あたしは靴を履き替え、学校を出た。
……これから、どうしようか。
本当は、のんびりどこかで時間をつぶしたいところだけど、体調がよくない。
「……はぁ……」
しかたない。家に帰ろう。
あたしは震える足を、家へと向けた。

「……ただいま……」
シーン……。
お母さん、いないのかな。
あたしは足音を立てずに、リビングに行く。
「……出かけたんだ」
お母さんはいなくて、バッグもない。
あたしはドカッとソファに座った。
そのとき、テーブルに置いてある物が視界に入った。
「……これ……」
あたしはそれに手を伸ばす。
表紙に『頭蓋内圧亢進』と書かれた、分厚い本。
あたしの病気の症状の名前だ。
それに関する本が5冊、テーブルに置かれていた。
あたしは震える手で、その本をパラパラとめくる。
マーカーでチェックされていたり、付箋が貼られていたり、メモが書かれていたり……。

何度も何度も、読まれている跡があった。
　その跡を見るたびに、胸がえぐられるような感覚を覚える。
　……ところどころに、涙の跡もある。
　あたしはその涙の跡を、優しくなでた。
　お母さんは、この本を泣きながら読んでいたんだ……。
　泣きながら、あたしが助かる方法がないかと、探していたんだ。
　……でも、もうその方法はない。
「ただいまー」
　そのとき、いつもの優しい声が家の中に響いた。
　そして、リビングの扉がゆっくり開かれる。
「……え……麗、紀……？」
　バサッと、ビニールが落ちる音が聞こえる。
　振り向くと、青ざめたお母さんがいた。
「ど……どうして……？」
　お母さんの視線は、あたしの顔ではなく、あたしが持っている本に向けられていた。
　あたしは本をテーブルの上に置いた。
　そして、小さく深呼吸する。
　不安と緊張で、胸が気持ち悪い。
「……お母さん」
　あたしは目を伏せて言う。
「……あたしはさ、もう、助からないんだよ。なんていうか、実感するんだ。……あぁ、あたし、もうすぐいなくなるん

だな、って。お母さんやお父さん……美歌、と離れるんだな、ってさ」

　言葉を吐くごとに、胸の気持ち悪い感じが、どんどん広がっていくような気がした。

　それでも、あたしは話す。

「あたし、親不孝者だよね。……親よりさ、先に死んじゃうんだもん。先に、いなくなっちゃうんだもん」

　前に、思ったこと。

　これをお母さんに、言うつもりはなかった。

　こんなこと聞いたって、お母さんは悲しむだけだろうから。

　でも……もうなんだか、どうでもよくなってしまったんだ。

　ひとりで悩んで、抱えこんで。

　これは、生きていく上で、成長する上で必要なこと。

　今、あたしくらいの年齢の人たちは、きっと悩んで、それをひとり抱えこんでる人がいっぱいいる。

　こういうのって……思春期っていうんだっけ。

　……でも、もうあたしは、成長することはないんだから。

　悩んだって、意味ないんだから。

「あたし、ホント最低だよね……」

　ひとり言のように、かすれた声でつぶやいた。

　お母さんの表情は見えないけど、黙って立ちつくしているのがわかる。

　あたしは、なんて最低で、最悪な人間なんだろうか。

結局これは、自己満足なんだ。
"あたしはもう死んでしまうから"
　だから、みんなを自分から切り離す。
　あたしは、それでいいんだ。
　だって、あたしはこの世界から消えるんだから。
　でも……。
　でも、美歌は？
　緒川くんは？
　お母さんとお父さんは？
　……あたしが消えても、みんなは生きてるし、この世界にいる。
　あたしがしてきたこと全部、最低なこと。
　いきなりキレて、人を傷つけて。
　そして、謝りもせずに、消えるんだ。
「麗紀……」
　お母さんの、震える声が聞こえた。
　あたしはギュッと、手に力を入れた。
　……もう謝れないし、もう戻れない。
　人の気持ちは繊細で、でも、とても単純だ。
　一度裏切られたら、きっともう信じることはできない。
　信じたとしても、心のどこかで、疑うんだ。
「お母さんは、まだ希望を捨ててないのよ」
　予想もしなかった力強い声に、俯いていた顔を上げた。
　すると、お母さんは泣いていた。
　ボロボロの顔で、悲しく、泣いていた。

「お母さんは、麗紀が死ぬなんて思ってない。麗紀がお母さんやお父さん、美歌ちゃんから離れるなんて、思ってないわ。それに……麗紀は親不幸者なんかじゃない」

お母さんはこっちに来て、あたしを優しく抱きよせた。

そして、ポン、ポン、と背中をたたく。

まるで、小さな子どもをあやすかのように。

「……つらかったわね、麗紀」

少し鼻にかかった、お母さんの声。

ねぇ、お母さん。

そんなこと、言わないで。

やっと、やっと自分に絶望できたのに。

本当に、あたしは死ぬんだって。

あたしはこの世界から消えるんだって。

お母さんたちと離れるんだって。

そう思えたのに。

あたしが悩んで、苦しんで出した『あたしから、みんなを切り離す』っていう答えは、お母さんの言葉で、いとも簡単にもろく崩れてしまいそうになる。

……それでも、崩しちゃいけない。

崩したら、死ぬのが怖くなる。

美歌の笑顔を、思いだしてしまうから。

緒川くんに、頼りたくなってしまうから。

お母さんとお父さんに、甘えてしまうから。

少しでも、自分の未来を描いてしまうから。

——ズキンッ。

「い、やぁ‼」
　あたしはバッ、とお母さんから離れた。
　お母さんは驚いて、目を大きく見開いている。
　あたしは髪をグシャッとつかんだ。
　——ズキンッ、ズキンッ。
　痛みは、一定のリズムで次第に大きくなっていく。
　何度目かのズキンッというリズムに合わせて、ぐらりと大きく視界が揺れた。
　そのまま、体に激痛が走った。
「麗紀っ‼」
　霞む視界の中に、お母さんの動揺した顔が映った。
　——ズキンッ。
「う、あ……」
　体を丸めて、頭を抱える。
　ヒンヤリと、床が冷たい。
「娘が……っ‼　早く！　早く来てください‼」
　お母さんの必死な声が、とても遠くに聞こえる。
「お、かあ、さ……」
　震える声しか、出ない。
　その直後、あたしは意識を手ばなした。

第 3 章

思い出を

　ここは、どこ？
　暗くてなにも見えない。
　無音の世界。
　声を出したいのに、出せない。
"ねぇ！　誰か‼"
　口を動かしても、声にならない言葉。
"誰か！　助けて‼"
　そう口を動かした瞬間、目の前にお父さんとお母さん、そして美歌と緒川くんが現れた。
　楽しそうに、笑っている。
　なにかをしゃべっているようだけど、あたしには聞こえない。
"ねぇ！　助けて‼"
　あたしはその4人に手を伸ばした。
　それでも、届かない。
　あたしの手は宙に浮いたまま、誰にも触れることはできない。
　すると、4人は歩きだした。
　あたしひとりを置いて……。
"ねぇ！　待って‼　置いていかないで！"
　そう叫ぶけど、届かない。
　あたしを、ひとりにしないで……。

「……紀、麗紀‼」
「……ん……」
　目を開けると、さっきの世界とは真逆の、白くて明るい天井があった。
　思わず、まぶしさに目を細める。
「麗紀‼　大丈夫⁉　ちょっと待っててね、今、先生を呼ぶから！」
　聞き慣れた声が、蓋に響いた。
　まだ光に慣れていない目をこすろうと、手を顔に持ってくると、手首に針が刺さっていた。
　……点滴、か。
　ぼんやりと、まだはっきりしない頭で思う。
　顔には、酸素マスクらしきプラスチックが当たっていた。
「麗紀さん！　大丈夫ですか？」
　すると、見慣れた白衣の男の人がやってきた。
「大丈夫、です……」
　かすれた声。
　先生に、聞こえただろうか。
「……顔色も、運ばれたときよりはだいぶマシになりましたね」
　先生は安堵の表情を見せた。
　その横では、お母さんがハンカチで涙を拭いている。
　看護師さんが酸素マスクを外して、あたしの体を起こしてくれた。
「麗紀さん、今日は朝から、体調があまりよくなかったん

じゃないですか?」
　先生にそう言われ、あたしは小さく首を横に振った。
　ここで頷いてしまったら、お母さんはきっと自分を責めるだろう。
『どうして体調が悪いと気づけなかったのだろう』と。
　先生はあきれたような顔をした。
「……麗紀さん、今日から入院してもらいます」
　あたしはただ、頷いた。
　その方が、今はあたしも都合がいい。
　美歌と緒川くんに会わなくて済むから。
「ではお母さん。手続きをお願いします」
「あ、はい……」
　お母さんは先生と一緒に、病室から出ていった。
　あたしはゆっくりと上半身を起こし、視線を窓に移した。
　やっぱり晴れか……。
　きれいな青。
　……どうして、こんなに空はきれいなんだろうか。
　きれいな青に、白い雲。
　そして、オレンジ色の太陽。
　その太陽があまりにまぶしくて、あたしは窓から視線を逸らす。
「はぁ……」
　それにしても、この病室はまっ白だ。
　床も天井も、なにもかもがまっ白。
　……こんな風に、頭も心もまっ白にできたら、どれほど

ラクだろう。
　黒くて汚い感情をなくすことができたら、本当に幸せなんだろうな……。
　ふと、自分の腕を見る。
　あたしの腕、こんなに細かったっけ。
　病気になる前よりあきらかに細くなっているのが、自分でもわかる。
　本当に頼りない、骨っぽい腕。
　これから、なんにもできなくなっていくんだろうな。
　重いものも持てなくなるだろうし。
　それに、もう、バリトンサックスを吹くこともできない。
　みんなと音楽を奏でることが、できないんだ。
　そう思うと、なんだかとても悲しい。
　すごく、すごく楽しかったから。
　難しいリズムをみんなで解読したり、ピッチが合ってない変な音で演奏したり、山ちゃんのクセのある指揮に笑ったり……。
　部活の時間が、部活の仲間と過ごす時間が、本当に楽しかったから。
　もうその時間が、永遠に来ないんだと思うと、すごく、泣きたくなってしまうんだ。
「……麗紀？」
　コンコン、とノックの音と同時に、病室に響いた声に驚いた。
　思わず、俯いて顔を隠す。

きっと、今のあたしは、泣きそうな顔をしているから。
「大丈夫？　……その、お母さん、今から一度家に帰って着替えとか持ってくるから」
「うん、わかった」
　窓の外を向いて、言った。
　やっぱり、外はひどくまぶしい。
「お母さん、今、何時？」
　あたしが倒れたのは、朝の9時頃だったよね。
「今？　今はねー、2時くらいかしらね」
「そっか……」
　じゃあ、あたしが倒れてから、結構時間が経ってたんだ。
「麗紀、なにか飲みたいものある？」
　明るい声で、お母さんが言った。
「買ってきてくれるの？」
「えぇ。この病室から売店、近いのよ」
　財布を持って笑うお母さんにつられて、あたしも笑った。
「じゃあ……炭酸がいいな」
「炭酸ね。じゃあ、ちょっと待っててね」
　そう言って、お母さんは病室を出ていった。
　きっとお母さんは、無理に笑ってる。
　無理に、明るく接してくれている。
　……すごく、無理している。
　あたし、倒れる前、お母さんにひどいこと言ったよね。
　……あたしはもう助からないんだって、親より先に死ぬんだって言ったんだっけ。

それでもお母さんは、あたしを優しく抱きしめてくれた。
　どこまで、こんなあたしを許してくれるんだろう。
　あたしは、いつになったら、こんな自分を許すことができるんだろう。
　……きっと、そんな日は一生来ない気がする。
　あたしはもう、自分を否定し続けるんだろう。
「はぁ……」
　思わずため息がこぼれる。
　なんだか肩がズシリと重い。
「買ってきたわよ〜」
　ガラッと病室の扉を開けて、お母さんが入ってきた。
　さっきと変わらない、元気な声。
「ありがとう」
　あたしはお母さんから炭酸飲料を受けとろうと、手を伸ばした。
　ペットボトルが、あたしの手に触れた。
　でも、そのペットボトルはあたしの手につかまれることなく、あたしとお母さんの手の間から滑り落ちた。
　ボトッという鈍い音を立てて、床に転がるペットボトル。
「あ……ご、ごめんね。お母さん、手が滑っちゃって……」
　そう言いながら、お母さんはペットボトルを拾って、ベッドに備えつけられてるテーブルの上に置いた。
　お母さんの手が、滑ったわけじゃない。
　あたしが、つかめなかった。
　ペットボトルをつかむ力さえ、出なかったんだ。

自分の手に、視線を落とす。

その手は、なんだか小刻みに震えていて。

あたしはその震えを隠すように、強く握った。

それでも、震えはおさまらない。

「……麗紀？　大丈夫？」

不安そうなお母さんの声に、ハッと我に返った。

「大丈夫だよ。……なんか、ボーッとしちゃって……」

ははっと、笑いを混ぜて言う。

そうしないと、泣きそうになってしまうから。

「疲れてるんじゃない？　寝てなさい。お母さん、着替えとかいろいろ持ってくるから」

「うん。……わかった」

少し笑って言うと、お母さんもあたしと同じように笑って、病室を出ていった。

パタン、と病室の扉が閉まった瞬間、強く握りしめていた手をゆるめた。

手のひらに、爪の跡がくっきりとついてる。

こんなに、こんなに爪の跡がつくくらい、手を握りしめることはできるのに……。

あたしは、ペットボトルをつかめなかった。

今は倒れた直後で、うまく力が出なかっただけかもしれないけど……これからきっと、本当になにもつかめなくなるんだ。

あたしはもう、物をつかむこともできなくなる。

じゃあもう、この手で、この腕で、この体で……いった

いなにができるんだろう。
　あたしはただ、死ぬのを待つだけなんだろうか……。
　そう思うと、なんだか背すじがゾクッとする。
　今まで、何回も考えてきたことなのに。
"自分が死ぬ"なんてこと、何十回も、何百回も、考えてきた。
　なのに、今さら、怖いと感じてしまう。
"死"が、すぐ近くにある。
　顔を上げれば、すぐそこにある。
　でも、なんだか、それから逃げるのも疲れたんだ。
　怖いと感じるくせに、その怖さから逃げるのは面倒で。
　その感情自体が面倒で。
　あたしは膝を抱えた。
　そしてまた、小さくため息をつく。
　……さっき見た夢みたいに……。
　無音で、まっ暗で、自分の声も聞こえない世界に行けたら、どれだけラクだろう。
　なにも考えず、なにも聞かず、ただ死を待つ。
　こんな面倒な感情を持たないで。
　あぁ……、まっ暗じゃなくても、この病室みたいに白い世界もいいかな。
　……どっちにしろ、他の特別な色はない。
「前も、こんなこと思わなかったっけ」
　笑いを含んだ声で、自分に問いかける。
　あたしは結局、同じことを延々と、ぐるぐる考え続けて。

一生、結論を出せないんだ。
　そう。
　結局、美歌のことも緒川くんのことも、忘れられない。
　あのふたりのキラキラした笑顔と、あたしが傷つけてしまったときの切ない顔が、悲しく重なる。
　あぁ、痛い。
　心が、つぶれるように痛い。
　だけど今さら、後悔したってしかたない。
　この心の痛みと、ちゃんと向き合わなきゃ。
　これは、あたしがしたことなんだから。
　あたしが、決めたことなんだから。
　あのふたりにとっても、あたしにとっても、これが一番よかったんだ。
　……そう思うのに、どうして、あたしは泣いてるんだろう。
　どれだけ自分をキライになったって、自分に絶望したって、やっぱり、涙は枯れないんだ。

　そのあと、あたしはお母さんが戻ってくるまで泣き続けた。
　お母さんが戻ってきたときは、泣いていたのがバレないように寝たフリをした。
　これからずっと、こんな風にベッドで寝てるんだな、と思うと、気分が沈む。
　でも、美歌と緒川くんに会わなくていいんだ、と思うと、

悲しいけど少し安心してしまったんだ。
　入院してから、3週間以上が過ぎた。
　今日の天気も、晴れ。
　さすがにこんなに学校を休めば、あたしの病気のことが学校のみんなに知られてるかもしれない。
　だから、スマホの充電がなくなってから、そのまま。
　吹奏楽のみんなとか、友達とかから、いっぱいメッセージが来てる気がするから。
　どんな文章があたしに送られているのか、とても怖い。
　もしかしたら、みんな気をつかって、なにも送っていないかもしれないけど……。
　——ズキンッ。
「……っ……」
　この頭の痛みも、最近またひどくなってきてる。
　本当に、あたしの病状は悪化してる。
　この頭痛もだけど、吐き気もひどくて、目まで悪くなってる。
　電気の光とかテレビの光が、異様にまぶしい。
　これも、病気の症状らしい。
　もう、自分の体が自分の物じゃないみたいだ。
　力も出ないし、気力もない。
　抜け殻みたいになって、この病室のベッドから、ただ空を眺めてるだけ。
　ご飯を食べて、薬を飲んで、点滴を打ったり体温を測ったり、検査したり。

毎日、その繰り返し。
　お母さんとお父さんは、毎日来てくれる。
　お父さんは、仕事が忙しいはずなのに。
　笑顔で、あたしを励ましてくれる。
　それでもあたしは、偽りの笑顔を向けることしかできない。
　心から笑えないのに、空は明るい。
　悲しいくらいに明るい。
　抜け殻みたいになっているのに、頭ではいろいろ考えてる。
　美歌は今ちゃんと笑えてるかな、とか、吹奏楽のみんなは元気かな、とか。
　緒川くんは元気なのかな、とか……。
　結局あたしは、みんなが大好きで。
　みんなの笑顔が大好きで。
　みんなで奏でる音楽が大好きで。
　毎日、自分が元気な頃に戻りたいって思ってる。
　この硬いベッドの上で見る夢も、毎日同じ。
　あたしだけ、暗くて、なにも聞こえなくて、動けなくて。
　でも、目の前には、お母さんとかお父さんとか。
　美歌とか、吹奏楽のみんなとか、緒川くんとか。
　みんなが明るい所で笑ってる。
　あたしはただ、"助けて!!"って、声にならない言葉を叫んでるだけ。
　毎日、そんな夢を見る。

それで起きて、ひとりで納得するんだ。
　納得というか、再確認。
　やっぱりあたしは、もう戻れないんだなって。
　朝早くに目が覚めて、いつもそう思う。
　外を見るとまっ暗だけど、しばらく時間が経つと、朝日が昇ってきて。
　泣きたくなるくらいに、その朝日がきれいなんだ。
「麗紀？　入るわよ？」
　そう言って、お母さんが病室に入ってきた。
　あたしは窓から、お母さんの方に視線を移した。
　そして、息をのんだ。
　お母さんのうしろに、山ちゃんと吹奏楽部の部長だった紗夜がいたから。
　山ちゃんはあたしを見ると、ゆっくり、優しく笑う。
　紗夜は、あたしを見ると、泣きそうな顔になった。
　あたしはただ、呼吸をすることも忘れて。
　それくらい驚いて。
「栗田。久しぶりだな」
　そう言って、山ちゃんは笑った。
　本当に、久しぶり。
　声を聞くのも、姿を見るのも。
「……麗紀ぃ‼」
　そんな大声が、病室に響いた。
　それと同時に、あたしの体はとても温かいものに包まれていた。

「あんた、こんなに痩せてさ……！　なんにも言わずに、いきなり消えないでよ‼」

　まるで叱るような、でも、とても悲しげな声。

　紗夜の長くてきれいな黒髪が、さらりと揺れる。

「みんな、今もずっと動揺してる。心配してる……！　麗紀は、あたしたちにとって大きくて大切な存在なの」

　紗夜の声は震えてる。

　そんな紗夜の肩を、山ちゃんがポンポンとたたいてなだめた。

　あたしの、存在。

　紗夜は、あたしの存在を大切と言ってくれた。

　でも、あたしの存在って、なんだったんだろう……。

「栗田、これ、みんなが書いたんだ」

　そう言って山ちゃんが紙袋から出したのは、大きな色紙と大量の手紙。

　それと、千羽鶴。

「……これ……」

　色紙には、カラフルな色で隙間がないぐらいにたくさんの言葉が書かれていた。

　手紙は、吹奏楽のみんなからとクラスのみんなから。

「この千羽鶴、本当は千羽以上あるんだよね。部のみんなで作ろうと思ってたのにさ、麗紀のクラスの子とか、いろんな子が作りたいって言いだして。なんかすごい量になっちゃって」

　紗夜の話を聞きながら、その千羽鶴を見る。

言われてみれば、なんだか大きい気がする。
「……どんだけの量、持ってきたの。あははっ」
　思わず、あたしは笑ってしまった。
　なんだか笑うの、久しぶりだな。
　自分の笑い声を聞いて、そう感じる。
　そんなあたしを見てか、山ちゃんと紗夜、それにお母さんが微笑んだ。
　そういえば、今日は土曜日だ。
　今さら気づいたことだけど、紗夜が私服だったから。
　それから、山ちゃんと紗夜はベッドの横のイスに座って、いろんな話を聞かせてくれた。
　学年のみんなの話、吹奏楽の話……。
　ついこの前まで自分のすぐそばで起こっていたことばかりなのに、ひどく昔のなつかしい話に思えた。
「あ、それでね。美歌、最近体調崩しちゃってさ」
　そんな紗夜のなにげないひと言に、あたしは思わず「え!?」と声を上げてしまった。
　美歌、大丈夫なの……。
　体調を崩したのは、いつから？
　もしかして、あたしが美歌にあんなことを言ってしまった日から……？
「あ、そんなに心配しなくて大丈夫だよ。昨日お見舞いに行ってきたんだけど、元気な顔してたからさ。大丈夫」
「……なら、いいんだけど……」
　ホッと胸をなでおろす。

元気なら、大丈夫なら、それでいい。
「で、美歌、結構休んでたから、その色紙と手紙、書けなかったんだよねぇ……」
　紗夜は残念そうに話す。
　きっと美歌は、あたしに手紙なんか書きたくないよなぁ。
　だったら、美歌が今体調を崩したのは、ちょうどよかったのかもしれない。
　今まで本当に仲がよかったのに、こんなことになって、今さら手紙なんて書けないよね。
　そう思うと、やっぱり悲しかった。
　美歌からの手紙は、もう何十通も持ってる。
　小学生や中学の頃、手紙交換したものとか、高校の授業中、前後の席で回しあったメモとか。
　他愛もない内容だったけど、今思えば、そんな手紙もとても大切な思い出だ。
　手紙はいくらもらっても、うれしいものだから。
　美歌の分がなくても……今受けとったみんなからの手紙も、すごくうれしい。
　だから、このたくさんの手紙は、大切に取っておこう。
　あたしは、手に持っていたたくさんの手紙を優しくなでた。
　みんな、どんな思いで書いたんだろう。
　裏切られたとか、そんな風に思って書いたかな。
　あれこれ考えていたら、紗夜が口を開いた。
「あたしたち、みんな麗紀のこと大好きなんだよ。だから、

いつでも戻ってきてよね。麗紀のこと、待ってるんだから」
　きれいに笑って、紗夜はそう言った。
　ふいに、泣きそうになってしまう。
　全部捨てたと思ってた。
　自分に絶望して、あきらめたつもりだった。
　だけど……本当は、全然あきらめきれてなんかいなくて。
　心から、自分の居場所を求めてた。
　まだ、あたしの居場所はあったんだ。
　まだ、あたしのことを待ってくれてる人がいたんだ。
　そう思うと、本当にうれしい。
　泣きそうなくらい、うれしい……。
　だけど、そのうれしさと同じくらい、申し訳なさもこみあげる。
　きっとあたしはもう、みんなのところに戻れないだろうから……。
　でも、そんな風に思ったらいけない気がした。
　さっきまで、あんなに気持ちがドン底まで落ちていたのに。
　友達の、仲間の存在で……。
　仲間の言葉だけで、こんなにも前を向けるんだ。
　あたしの命は、もう残り少ない。
　何度も何度も迷って、明るく生きようとしては、ダメになることの繰り返しだった。
　でも、これからは、本当に。
　あたしのためじゃなくて、お母さんやお父さん。

そして仲間のために、前を向いて歩いていこう……。
「麗紀、学校って来れるの？」
　首をかしげて、紗夜が聞く。
　そうだ、紗夜たちは、あたしの余命のことを聞いてないのか。
　あたしは思わず、言葉に詰まる。
　今、お母さんは席を外してるし、山ちゃんもなんて言えばいいのか困ってる。
　……どうしよう……。
「……終業式は、いつですか？」
「え……？」
　山ちゃんではない男性の声に、思わず、驚いてしまう。
　開いたままの病室の扉の前には、先生が立っていた。
「終業式はたしか〜、22日ですね。あと、2日です」
　山ちゃんが言う。
「じゃあ、麗紀さん。その日は学校へ行っていいですよ」
　先生が優しく笑って言った。
「いいんですか……？」
　声が震えてしまう。
　喉のあたりが、ギュッとなる。
「はい。でも、あまり無理はしないでくださいね。あとで一応、ご両親にも確認しましょう」
「はい……！」
　思ってもみなかった。
　また、学校に行けるなんて。

その日は……少しだけ、がんばってみよう。
　美歌に、許してもらおうなんて思わないから。
　緒川くんの、悲しそうな顔を見てしまっても。
　美歌が少しでも笑っている姿を見られれば、緒川くんの元気な姿が見られれば。
　みんなの笑顔が見られれば、あたしはもう、なにもいらない。
　あたしは満足できるから。みんなの、未来に向かっていく姿を見ることができたら……。
　あたしが笑えなかった分、みんなに笑ってほしいから。
「山ちゃんと紗夜、時間はいいの？」
　ふたりが来てから、結構な時間が経ってる。
「……そうだね。あんまり話してると、麗紀疲れちゃうね」
　紗夜は悲しげに笑った。
「あ、あたしは全然平気……」
　──ズキンッ‼
「……っ……」
「麗紀？」
　紗夜の心配そうな声が聞こえる。
　あたしは手を握りしめた。
「ううん……なんでもない」
　声が少し震える。
　病室の扉を見ると、先生はもういなかった。
　大丈夫、このくらいの痛みなら我慢できる。
「先生も、仕事たまってるんじゃない？」

ふたりを安心させるため、無理やり笑って聞いてみる。
すると、先生は困ったように苦笑いをした。
「それ言うか？　もう学校に行きたくないよ。仕事がたまりすぎててな」
頭を掻きながら、先生が言う。
「うわぁー、先生がそれ言っちゃダメでしょ」
紗夜がイジワルっぽく笑いながら言う。
「じゃあ、先生の仕事もあるみたいだし、帰りますか」
「そうだな、仕方ないな」
そう言って、ふたりは立ちあがった。
「じゃあ、麗紀。待ってるからね！」
その紗夜の言葉に、あたしは笑顔で頷くことしかできなかった。
返事をしようとしたけど、喉がカラカラで声が出なかった。
来てくれて、ありがとう。
そう思いながら、病室を出て行くふたりを見送った。
カチャンと、静かに扉が閉まる。
すると、なんだか悲しい気持ちになった。
人がいなくなるだけで、この部屋の空気とあたしの心はこんなにも沈んじゃうのか。
でも、本当に、あのふたりが来てくれてよかった。
本当にうれしかった。
「……なんか、喉渇いた……」
まだ少し頭が痛いけど、さっきよりはマシになった。

それよりも、ずっとしゃべっていたせいか、さっきから喉が乾いて仕方ない。
　ベッドの横にある小さな冷蔵庫を開けて、飲み物があるか確かめる。
「ないし……」
　残念ながら、冷蔵庫の中にはお母さんが買ってきてくれたプリンだけ。
　あたしは仕方なく、手をついてゆっくりと立ちあがり、点滴を引きずりながら、病室を出て飲み物を買いに行くことにした。

　あたしの病室に近い、売店に向かった。
　体が弱ってるからか、ベッドを出ると異様に寒い。
　体をさすりながら売店に近づいていくと、聞いたことのある幼い女の子の声が聞こえた。
「おかーさん！　これ！　これ欲しいー!!」
「はいはい、これね」
　この声……。
　思わず、足を止めてしまう。
　この声は、優香ちゃん。
　笑った顔が、緒川くんにそっくりな、彼の妹。
　優香ちゃんの入院は２週間の予定だったのに、どうしてまだいるんだろう。
　もしかして、また具合が悪くなっちゃったのかな……。
　そう考えると、苦しい気持ちになった。

……あとで、また来よう。
　べつに、避けてるわけじゃない。
　ただ、優香ちゃんの笑顔を見てしまうと、緒川くんの笑った顔も思いだしてしまいそうで。
　そして、笑顔の緒川くんに、あんな悲しそうな顔をさせたのは、あたしだから。
　……なんだか、優香ちゃんに申し訳ない。
　それに、お母さんも一緒みたいだし。
　ここで会ってしまったら、「なんでまたいるの？」って思われそうだし。
　病気がバレて、気をつかわせるのはイヤだから……。
　あたしは売店に向けていた足を、自分の病室の方に戻した。
　そうだ、たしか休憩室に、給水器があったはず……。
　この際、喉が潤えばなんでもいい。
　あたしは売店の手前の休憩室に向かい、給水器の水を飲むと、もう一度ろう下を歩きはじめた。
　やっぱり、ろう下は寒いな……。
「……れきお姉ちゃん？」
「……っ……！」
　思わず、足が止まった。
　前にもこの声で、何度か名前を呼ばれた。
　栗田っていう名字を気に入ってもらえて、同じ病衣だってことを喜んでくれた、素直なこの声。
　……やっぱり、すぐに病室に戻ればよかった。

あたしは少し考えてから、ゆっくりと振りかえった。
「やっぱりー‼　れきお姉ちゃんだぁ！」
　そう言って、優香ちゃんは笑顔でこっちに駆けよってきた。
　優香ちゃんはやっぱり病衣で、まだ入院しているんだということがわかり、胸がチクッと痛む。
「……久しぶり、優香ちゃん」
「うん‼」
　やっぱり彼女の笑顔は、緒川くんにそっくりで。
　この晴れの日に負けないくらい、輝いてる。
「優香〜」
　優香ちゃんママが、売店の方から優香ちゃんを追いかけてきた。
「あら」
　そう言って、微笑んでくれる。
「ど、どうも……」
　あたし、今、絶対顔引きつったでしょ……。
「久しぶりね……えっと……」
「あ、えっと」
「れきお姉ちゃんだよ‼」
　あたしが名前を言う前に、優香ちゃんが大声であたしの名前を言った。
「あ、そうね。麗紀ちゃんね」
　そう言って、また優香ちゃんママは笑顔になった。
「ねぇ、おねーちゃん！　あそぼー‼」

あたしの服の裾を引っぱりながら、優香ちゃんが言う。
「いいよ〜。なにして遊ぶ？」
「ボール‼」
「え……さ、寒いよ？」
　まだ雪は降ってないけど、外の寒さは異常だ。
　それに、点滴も引いてるこの状態じゃぁ……。
「そうよ優香。また風邪引いて、入院が長引くわよ」
「え〜」
　プクーッと、大きく頬を膨らませた優香ちゃん。
　優香ちゃんママはたぶん、あたしが外で遊べる体ではないとわかっていながら、はっきり言わずに気をつかってくれたんだと思う。
「じゃあ、優香ちゃん。部屋でできる遊びしようか」
　あたしはしゃがんで、優香ちゃんと同じ目線になった。
「うん‼」
　優香ちゃんは笑顔で大きく頷いた。
　……優香ちゃんは、こんな景色を見てるんだ。
　優香ちゃんと同じ目線になってみると、さっきまで見ていた同じ景色がガラリと変わる。
　自動販売機の高さとか、ろう下にある手すりの高さとか。
　昔、あたしもこんな景色を見てたのかな。
　もうさすがに、思いだせないけど。
「お姉ちゃん！　行こ！」
「あ、うん」
　あたしは立ちあがって、優香ちゃんのあとについていっ

た。

　優香ちゃんの病室に入って、ベッドの横にあったイスに座った。
　ここに来る途中、優香ちゃんのお母さんは「用事があるからまたあとで来る」と言って、行ってしまった。
「はい！　これ！」
　優香ちゃんはそう言って、この前みたいにあたしの膝の上のクマのぬいぐるみを置いた。
「……お兄ちゃんが、くれたんだっけ」
　あたしがそう聞くと、優香ちゃんは満面の笑みでうなずいた。
　きっと彼女は、驚いたんじゃないだろうか。
　この前の、あたしの反応に。
　この病室で、緒川くんと会ってしまったときのあたしに。
　……本当に、あのときはあたしも驚いた。
　たぶん、人生で一番驚いたんじゃないかってくらい。
　そういえば、あたし、このぬいぐるみ落としちゃったんだよね……。
「お姉ちゃん？」
　不安そうな声が聞こえた。
「あ、ごめんね！　なに？」
　あたしは、ぬいぐるみに向けていた視線を優香ちゃんに戻した。
　すると、優香ちゃんの表情は声と同じように、不安そう。

「お姉ちゃん……なんだか、元気ない？」
「え……」
　思わず、ドキリとしてしまった。
　あたし、そんなに元気ないように見えたのかな。
　今日は、山ちゃんと紗夜が来てくれたから、気分はそんなに沈んでいない。
　……でも、やっぱり心のモヤモヤは拭いきれなくて。
　学校に行けることになったのはすごくうれしいけど、美歌や緒川くんの反応が怖い。
　学校には、前から行きたいと思ってたけど……。
　どうしても、心がスッキリ晴れない。
　あたしの心は、いつまで経っても、この晴れた空と同じにはなれない。
「……なんだか、れきお姉ちゃん、お兄ちゃんと同じ」
　え……？
「同じ？」
　思わず、食いつくように言ってしまった。
「うん。お兄ちゃんも最近、なんだか元気ないの」
　そう言った優香ちゃんの表情は、さっきと変わらず暗いまま。
「……それって、いつから？」
　緒川くんは、いつから元気がないんだろう。
　……もしかして……。
「お姉ちゃんと最後に会った日」
　ドクンッ!!!

あたしと優香ちゃんが最後に会った日。
　つまり、あたしと緒川くんがこの病室で会った日。
　でも……正確には、その次の日からじゃないだろうか。
　あたしが緒川くんに、ひどいことを言ってしまった日。
　そう思うのは、自意識過剰かな……？
「なんだかね、ボーッとしてるの。前みたいに楽しそうに笑わないの」
　……緒川くんは、いつも楽しそうに笑ってて。
　その笑顔で、人を楽しませることができて。
　あたしは、あの笑顔が好きで……。
「……ごめんね」
　するりと、そんな言葉がこぼれ落ちた。
　あたしは優香ちゃんの悲しそうな顔を見ることができなくて、俯く。
「お姉ちゃん？　どうして謝るの？」
「……あたしのせいだから……」
　理由は、はっきりとはわからない。
　緒川くんに元気がないのはどうしてなのか、本当のところはわからないけど。
　でもきっと、あたしのせい。
「……お姉ちゃんは、なにも悪くないよ」
　なんだか、優香ちゃんの声が大人びて聞こえた。
　あたしが顔を上げると、その大人びた声とは反対に、幼くてかわいらしい笑顔。
「きっとお兄ちゃん、すぐ元気になるよ！　だから、お姉

ちゃんも早く元気になってね!」
　ふいに、涙が出そうになった。
「うん。すぐ、元気になるね」
「うん‼」
　笑顔で頷く彼女に、あたしも笑った。
"ウソついてごめんね"と思いながら。

　それからあたしは、優香ちゃんからいろんな話を聞いた。
　仲のいい友達の話や、家族の話。
　話を聞いていると、優香ちゃんがどれだけ純粋なのかわかる。
　優香ちゃんの見ている世界は、すべてキラキラ輝いていて。
　希望に満ちあふれていて。
　なんだか、話を聞いてるだけで元気になれた気がした。
　——コンコンッ。
「優香ちゃーん、ご飯よー」
　看護師さんが夕飯を持って病室にやってきた。
　夕飯の時間は6時。
　……もう、こんな時間だったのか。
「じゃあ優香ちゃん。また今度ね」
「うん!」
　優香ちゃんに手を振って、あたしは病室を出た。
　やっぱり、日が暮れると寒さも増す。
「……さむ」

目線を落として、ハァッと、手に息を吹きかけた。
「あら、麗紀ちゃん？」
「え……」
　顔を上げると、優香ちゃんママがこちらに歩いてきていた。
「もう戻るの？」
「あ、はい。もうご飯の時間だったので……」
　あたしがそう言うと、優香ちゃんのお母さんは「えっ」と口に手を当てた。
「やだ……もうそんな時間だったの」
　優香ちゃんママは、眉を下げて言う。
「麗紀ちゃん、ごめんなさいね。こんな時間まで優香に付き合わせて……」
「いえ！　そんなことないですよ！　あたしも、優香ちゃんと話せてとても楽しかったですし！」
「そう？　そう言ってくれるとうれしいわ。優香、あなたのこと大好きだから」
　そう言って、優香ちゃんママは笑った。
「……あの」
「なに？」
「その……優香ちゃん、まだどこか悪いんですか？」
　これは、聞いていいことなのかわからないけど。
　でも、この前は２週間で退院って言ってたのに……今入院してるってことは、まだ具合が悪いからだよね……。
「……なんだかね、風邪がずっと長引いてるのよ。咳もひ

どかったりね……」
「大丈夫、なんですか?」
　優香ちゃんには、元気になってほしい。
　ずっと、笑っててほしいから。
「……えぇ、この前先生が、成長するに従って治っていくだろうって」
「そうなんですか!?」
　思った以上に、大きな声が出てしまった。
「あ、すみません……」
　あたしは恥ずかしくなって苦笑いした。
　……優香ちゃん、よくなるんだ。
　元気に、なるんだ。
　本当にうれしい。
　優香ちゃんには、いろんな世界を見てほしい。
　あたしが言えることじゃないかもしれないけど、いろんな人と出会って、いろんな世界を知って、これからも楽しく生きていってほしい。
「麗紀ちゃんも、早くよくなるといいわね」
「……はい」
　そういえば、優香ちゃんママ……あたしの病気のことは、なにも聞かないんだ。
　あたし、こんなに体が細くなって、顔もきっとやつれてるのに……。
　そんな優しさが、緒川くんとそっくりだな、なんて思った。

「それじゃあ、また」
「はい、また！」
　そう言って、あたしと優香ちゃんママは別れた。

　ガラリと、自分の病室の扉を開けた。
　ゆっくりとベッドに座る。
「……本当に、よかった……」
　ため息まじりに、言葉がこぼれ落ちた。
　優香ちゃんが元気になることがわかって、きっと緒川くんも喜んでるんだろうな……。
　そう思った直後、優香ちゃんの言葉が頭を過る。
『お兄ちゃんもなんだか元気がないの』
　あ……。
　元気がないのに、喜べないか。
　でも、緒川くんは優香ちゃんをすごく大切にしてるんだから、喜ぶに決まってる。
　──コンコンッ。
「麗紀さん？　いますか？」
　あたしも夕飯かな？と思ったけど、先生の声だ。
「あ、はい！　どうぞ」
　あたしがそう言うと、「お邪魔しますね」と言って先生が入ってきた。
「調子はどうですか？」
「あ、大丈夫です」
　……山ちゃんと紗夜が来たとき、ちょっとヤバいと思っ

たけど、たぶん大丈夫。
「そうですか。あ、それで明後日の終業式のことなんですが……」
「あ、はい」
　明後日、あたしは学校に行くんだった。
　少し怖いけど……。
「明日の夕方から、自宅に戻っても大丈夫ですよ。さきほど親御さんにも連絡したら、OKでしたので」
「え……」
「久しぶりに、お母さんの料理も食べたいでしょうし」
　先生はにっこり笑って言う。
「きっと、その方が心も晴れるでしょう」
　……先生は、気づいてたんだ。
　あたしの心が暗くなっていたこと。
　そりゃあ、医者なんだから患者の心の動きもいろいろ見てきたんだろうけど。
　でも、誰も気づいてくれてないと思ってたから。
　あたしの心が、暗くなっていることを。
　あたしは、誰かに気づいてほしかった。
　本当は、さみしくて、悲しくて。
　本当は、誰かに、あたしの心に、気づいてほしかったんだ。
「……ありがとうございます、先生」
「いえいえ。……でも、具合が悪くなったら、無理してはダメですよ。何よりも、自分の体調を第一にしてください」

「はい」
　ありがとう、先生。
　最初、病気と余命が宣告されたとき、病院がキライだなんて思ってごめんなさい。
　あたしは、この先生に出会えて、本当によかった。

ありがとう

「じゃあ麗紀さん、いってらっしゃい」
「はい」
　今日は、あたしが家に帰れる日。
　つまり、外泊。
　退院するわけでもないのに、主治医の先生と担当の看護師さんが見送ってくれてる。
　精神的なこともあるのか、体調は昨日よりずっと落ちついていた。
「じゃあ行ってきます」
　あたしはそう言って、先生と看護師さんに手を振って、車に乗った。
　ゆっくりと、車にエンジンがかかって走りだす。
「いやー、よかったな麗紀」
　上機嫌のお父さん。
　こんなうれしそうなお父さんの声を聞くのは、久しぶり。
「でも麗紀、具合が悪くなったら、すぐに言うのよ？」
　お母さんは、やっぱり心配性だ。
「うん」
　この他愛もない会話が、すごく幸せ。
　家族みんなで家に帰れることがこんなに幸せなことだったなんて、知らなかった。
「……寒いね」

窓の外を見つめて言った。
「寒いか？　暖房上げようか」
　そう言って、お父さんが車の暖房の温度を上げた。
　最近、やたら指先が冷える。
「麗紀、冷える格好してちゃダメよ？」
「わかってるって」
　外に立っている木の葉っぱも、枯れている。
「こりゃあ、明日あたり雪が降りそうだなぁ」
「そうねぇ……」
　雪が降れば、この街はまっ白になる。
　……雪、見れるかな。
　あたしは、あの冷たい雪に、触れることができるのだろうか。

「よし、着いたぞ。お父さんは会社に用があるから、麗紀は先に家に戻ってなさい」
　そう言って、お父さんが車のエンジンを止め、お母さんが助手席から降りた。
　あたしもゆっくりと、車のドアを開ける。
　目の前には、17年間住んでいた家。
　ついこの間までいたはずの家なのに、ずいぶんとなつかしく感じる。
「麗紀？　入らないの？」
　玄関で、お母さんが不思議そうに言った。
　なんだか、違和感がある。

今目の前にある家が、17年間住んでいたはずの家が、まるで自分の家じゃないみたいだ。
「うん……入るよ」
　ゆっくりと、家へと足を踏みいれた。
　なつかしい家の匂い。
　いつも玄関に置いてある、きれいな花。
　お父さんの革靴と、あたしのローファーと、お母さんの靴。
　……なんにも、変わってない。
　このまま、いつもどおり部屋に向かってしまえば。
　前と同じように過ごせたなら。
　この頭の中にある塊をなかったことにできるかな……。
「麗紀、おかえり」
　いつもの、お母さんの優しい声が聞こえた。
　視線を上げれば、いつもの優しい笑顔で。
「……ただいま」
　あたしも、笑顔で返した。
「ほら、せっかくの家なんだから、自分の好きなことしなさい」
　お母さんは笑顔で言って、リビングに入っていった。
　きっと、気をつかってくれてるんだろうな。
　なんとなく、そう思った。
　いつもと変わりなく、前と変わりなく、あたしに接してくれてる。
　……じゃあ あたしも、前と同じように過ごそうかな。

あたしはほくほくした気持ちで、自分の部屋へと向かった。
　ゆっくりと、部屋のドアを開ける。
「あれ……」
　なんだか、きれいになってる。
　机に散らばっていたノートが、きれいに片づけられてるし。
　全体的に、部屋が前よりきれい。
　お母さんが掃除してくれたんだ。
「ふぅ……」
　ため息をつきながら、ベッドに座る。
　やっぱり、落ちつくなぁ。
　見慣れた壁とか、カーテンとか、小物とか。
　病院は、まっ白な壁に、無地のカーテンに、小物なんて花瓶くらいだし。
　あたしは部屋を見まわした。
「あ……」
　ふと、机の上に置かれたクマのぬいぐるみに目がとまった。
　たしかあれは、中1のとき、美歌があたしの誕生日にくれたモノだったな。
　蝶ネクタイをつけて、花束を持っているクマのぬいぐるみ。
　中学は持ち物に厳しかったから、先生にバレないように、こそこそしながら学校で渡してくれたんだっけ。

近所なんだから、家で渡せばいいのに。
　あたしは、そのときのことを思いだしてクスッと笑ってしまった。
　よく見れば、この部屋にはいろんな思い出が詰まってる。
　小学生のときに、美歌と他の仲がよかった子たちとやった交換日記とか。
　お父さんが、お母さんに内緒で買ってくれたポーチとか。
　あたしの小さい頃のアルバムとか……。
　ここは、あたしの居場所なんだ。
　ちゃんと、あたしの部屋だ。
　あたしはベッドから立って、本棚にあるアルバムを手に取った。
　ずっと部屋にあったのに、もう何年も開いてなかった気がする。
「重っ！」
　ズシリと重くて、両手で抱えないと落としてしまいそう。
　あたしは床に座って、アルバムを開いた。
「うわ、なにこれ」
　開いて最初にあたしの目に飛びこんできたのは、あたしと美歌が泥だらけになって遊んでいる写真。
　髪も顔も泥だらけで、でっかい口を開けて笑っている。
　その写真の下には、あたしの５歳の誕生日の写真。
　もう１ページめくると、小さいあたしとおばあちゃんが写っていた。
「……なつかしいなぁ」

アルバムを見ると、自然と笑顔になる。
　写真は、忘れてしまう過去をちゃんと保管してくれる。
　なにげない日を、思い出させてくれる。
　あたしは写真を撮られるのが苦手だから、成長するごとに写真の枚数が少なくなっている。
　でもたまには、写真を撮ってもらうのもいいなぁ……。
　誰かがあたしが写っている写真を見て、あたしのことを思いだしてくれたら。
「こんなヤツいたな」とか「なつかしいな」って思ってくれたら。
　きっと、あたしは誰かと一緒に、学生の頃の写真を見ることはできないけど。
　誰かと思い出話をする日なんて、もう一生来ないけど。
　写真に写るあたしは、笑っているから。
　写真の中で、あたしは生きていけると思うんだ。
　このアルバムの重さの分、思い出が詰まってる。
　アルバムを閉じて、本棚にしまった。
「あ……」
　次に視界に入ったのは、数学の教科書。
　きっと、学校の授業は、あたしがいない間にすごく進んでいるんだろうな。
　数学はキライだったけど、今思うと、もうちょっとがんばっておけばよかったかも。
　集中して計算してるときは、余計なことを考えなくて済むから……。

パラッと、数学の教科書のページをめくった。

やっぱり、結構難しいな……。

あたしはその問題を解く気にもなれず、すぐ教科書を閉じた。

なんか、暇だなぁ……。

いや、暇って言い方はおかしいか。

なんだか、時間がゆっくり流れてて、ボーッとする。

病院にいるときもずっとボーッとしてたけど、やっぱり病院はいろいろ考えてしまうから。

自分の体のこととか、美歌や緒川くんのこととか……。

でも、この部屋にいると、なんだか前に戻ったような気になるから。

この部屋にいるときだけは、自分の体のことを忘れていい気がする。

……そうだ。

あたしは机の引き出しを開けた。

この引き出しには、美歌からもらった手紙とか、レターセットとか、大切なものがしまってある。

一枚、美歌からもらった手紙を広げた。

そこに書かれていたのは……。

『もう数学ワケわかんないーお腹空いたよ助けてくれー！』

そして、紙の右下には、誰かの似顔絵。

なんかツノとか生えてるけど、たぶん、中１のときの数学の先生。

……美歌や他の友達からもらった手紙、思った以上に多

いなぁ。
　といっても、内容は本当にくだらなかったり、恋愛系の話だったり。
　たいていは、あたしがその恋愛相談にのってたんだけど。
　……なつかしなぁ、本当に。
　くだらないことして、先生に怒られたり。
　バカみたいに笑いあったり。
　そして、つまらないことでおたがいに泣きあったり。
　本当に、楽しかった。
　なんとなく、レターセットを手に取った。
　星の柄のレターセット。
　あたしは、星柄が大好きだ。
　……昔、おばあちゃんが言っていた。
『亡くなった人は、星になるのよ』と。
　そして、幼いあたしはおばあちゃんに、『じゃあ、おじいちゃんは星になったんだね』と言った。
　そのときの、おばあちゃんの悲しそうな笑顔が、今でも忘れられない。
　今は、わかる。
　死んだ人は、星になんてならない。
　でも、死んだ人はまた生まれ変わるとか、いろんな説がある。
　もしも、生まれ変わることができたら、健康で長生きできる女の子になりたい。
　そうすればもう、自分の体のことでたくさん悩んだり、

親や親友を傷つけることはなくなるから……。
　もう一度、部屋をぐるっと見わたした。
　この部屋にいると、たくさんの人の顔を思いだす。
　おじいちゃん、おばあちゃん、美歌、中学の友達……。
　たいていは、幼い頃からたくさんかかわってきた人たち。
　なのに、なのにどうして……。
　どうして、今一番強く思い浮かぶのが、緒川くんなんだろう……。
　あの、太陽みたいにまぶしい笑顔。
　急に大人っぽくなる声。
　あの人を思いだすたびに、胸が締めつけられる。
　苦しくて、切なくて、でもドキドキして。
　あたしはいつも、あの人に惹かれていた。
　そして、あの人に助けられてた。
　あの海の日だって、屋上のフェンスを乗り越えた日だって、緒川くんが来てくれなかったら、あたしはもう現実に耐えられなかった。
　それでも、彼が来てくれたから。
　あのキラキラした太陽みたいな笑顔で、あたしに話しかけてくれたから。
　手を、差し伸べてくれたから。
　……でも、あたしはその手を払いのけてしまった。
　自分は、どうせ半年でいなくなるんだと。
　あたしは、どうせ孤独なんだと。
　そうひとりで思って、勝手に、傷ついて。

美歌だって、あたしに手を差し伸べてくれたのに。
　……あたしは、ふたりを突きはなすことしかできなかった。
　受け入れることが怖かった。
　あたしがもっと強かったら、ふたりの手をつかむことができたのかな……。
　それに、あたしはふたりに、『ありがとう』って伝えられた……？
　いつも助けてくれたのに。
　いつも、笑顔を向けてくれたのに。
　なのにあたしは……。
　あたしは、一番伝えたいことを、伝えられてない。
　……そんなのは、イヤだ。
　こんなに突きはなしておいて、今さら思うのはおかしいかもしれないけど。
　伝えたい。
『ありがとう』って言葉を、ふたりに。
　直接じゃなくてもいい。
　どうか、伝えることができれば……。
「あ……」
　あたしは、持っていた星柄のレターセットに目を向けた。
　手紙なら、伝えられる……。
　そう思ったあたしは、机に向かった。
　……文章で、うまく伝えられるかは、わからないけど。
　それでもいい。

これは、ただの自己満足かもしれない。
　感謝の気持ちを伝えないで死ぬなんてイヤだっていう、ただのあたしのエゴかもしれない。
　でも、最後ぐらい、素直になってもいいでしょう？
　これだけ、自分のワガママを突きとおしてきて言うのもなんだけど。
　今まであたしを支えてきてくれた人たちに、『ありがとう』の言葉を送りたいんだ。
　あたしは便箋を取りだして、ペンを執った。

「麗紀ー！　ご飯作るの手伝ってー‼」
　お母さんの大きな声に、ビクッと肩を揺らした。
　……手紙を書きはじめてから、どれくらいの時間が経っているんだろう。
「麗紀ー！」
　お母さんは、あたしが聞こえていなかったと思ったのか、もう一度大きな声であたしを呼んだ。
「はーい！　今行くー！」
　……もう、手紙はほぼ書き終わったし、早くお母さんの手伝いをしなきゃ。
　あたしは手紙を封筒に入れて、お母さんのところに向かった。

「あ、麗紀。じゃあ手を洗って、このジャガイモの皮剥いてちょうだい」

「はーい」
　お母さんは、慣れた手つきでニンジンを切っている。
　あたしはしぶしぶ、ジャガイモの皮を剥きはじめた。
　気をつかっていつもと同じように接してくれているんだと思ったけど、ここまでいつもどおりとはね。
「ほら麗紀。ボーッとしてると危ないわよ？」
「あ、うん」
　お母さんにそう言われ、あたしは手を動かした。
「はいお母さん、終わったよ」
「あ。ありがとうね〜」
　あたしは剥き終わったジャガイモをまな板の上に置いた。
　皮剥いてるときから思ってたけど、なんか目がぼやけるんだよなぁ……。
　って、これも病気の症状だし、病院にいるときは当たり前のことのように感じてたんだけど。
　家でいつもどおり過ごしてると、ついつい忘れちゃうな。
　そう思いながら、あたしは目をこする。
　お母さんはそんなあたしを見ていたのか、
「もうすることないから、少し休みなさい。お手伝い、ありがとうね」
　と言って微笑んだ。
「え、大丈夫だよ。まだやるよ」
　久しぶりの家で、久しぶりにお母さんの手伝いができるんだもん。

「あら、そんなこと言うなんてめずらしい。でも、本当にすることないのよ。あとは煮るだけだし」
　お母さんはそう言いながら、目線を鍋へと向けた。
　鍋の中には、もうたくさんの具材が入っている。
　……あたしが皮を剥いてる間、もうこんなに進んでたのか。
　本当に、尊敬しちゃうよ。
「ていうか、今日の夕飯って肉じゃが？」
「そうよー」
「あたし好きなヤツじゃん！」
　あたしはテンションが一気に上がり、大きな声を出してしまう。
「そう思って、今日の夕飯は肉じゃがにしたのよ」
　お母さんは得意げに言う。
「いやー、さすが母。あたしの好きなものをわかってるね」
「そりゃそうよ。何年あなたを育ててると思ってるの」
「ふふ……そっかぁ……」
　あたしは、なんだかニヤけてしまう。
　そんなあたしを見て、お母さんは不思議そうな顔をする。
　だってね、なんだかうれしいんだ。
　当たり前のように、あたしの好物を作ってくれたりとか。
　そのなにげない優しさが、本当にうれしい。
　もっと早く、この優しさに気づいていれば、なにか変わったかもしれない。
　もっとはやく、親孝行ができたかもしれない。

でも、今そんなこと思っても遅いから。
そんなこと思っても、ただ後悔するだけだから。
だから今は、この小さな幸せを大切にしよう。
「ほら、もうすることないから、ゆっくりしてなさい」
お母さんに言われ、あたしはしぶしぶ部屋に戻った。

部屋に戻って、机の上に置いてある手紙を見る。
……もっと字がきれいだったらなぁ。
夢中で書いたから、ほぼ殴り書きみたいな感じだし。
それに、たくさん書き直したし。
でも、伝えたいことは書けたから、まあいっか。
あ……でもこれ、いつ渡そう。
直接渡すのも、なんだか恥ずかしいし……。
学校終わったら、下駄箱に入れておこう。
それなら、あたしが帰ったあとか、新学期の初日に見つけるだろうから……。
手紙を読まれたあとに、顔を合わせることもない。
そう考えながら、あたしはベッドに座った。
そのとき、棚に置いてある鏡に自分の姿が映った。
……やっぱり痩せたな、あたし……。
そりゃそうか。
病院で出るご飯も、結構残してたし。
こんなあたしを見たら、美歌、びっくりするかもね。
そもそも、美歌があたしと顔を合わせてくれるか、わからないんだった。

目を逸らされるかもしれない。
そうなったら、結構ショックだなぁ……。
でもまぁ、あたしはあんなことを言ってしまったんだし、仕方ない。
あんなひどいことを、美歌に言ってしまったんだから。
あのときの美歌の顔を思いだすだけで、胸がズキンと痛む。
この痛みは、頭痛よりも痛い。
頭痛の方がまだマシだ。
……それに、緒川くんの顔を思いだすのもつらい。
でも、学校に行ったら会わなきゃ。
いつまでも、緒川くんのことをズルズルと引きずっていくわけにもいかない。
明日こそ、この気持ちを断ちきろう。
今までみたいに、暗い別れじゃなくて……すっきりした明るい気持ちで、この気持ちとお別れするんだ。
あたしは「ふぅ」とため息をつきながら、手紙を見つめた。
「麗紀ー！　お父さん帰ってきたから、ご飯にしましょー！」
階段の方から、そんなお母さんの声が聞こえた。
「はーい！　今行くー！」
……実は、お父さんとお母さんにも、手紙を書いたんだけど……。
ふたりには、直接渡したいな。

本当に、今までお世話になった。
感謝の気持ちでいっぱいだから……。

伝える

「いただきまーす」
　家族3人、声をそろえて言う。
「お父さん、これ、麗紀が作ってくれたのよ？」
　お母さんが、肉じゃがをお皿に盛りながら言った。
「おお！　そうか！　麗紀が作ってくれたのか！」
　そう、お父さんはうれしそうに言う。
「いや……作ったっていうか……ジャガイモの皮剥いただけなんですけど……」
　あたしは苦笑いしながら、ご飯をひと口、口に運んだ。
「まぁまぁ、手伝ってくれたから、なんでもいいじゃない？」
　ふふっ、とお母さんはうれしそうに笑う。
　お母さんのこんなうれしそうな笑顔を見たのは、いつぶりだろう。
　すると、父さんがびっくりしたように目を見開いた。
「うまい！　うまいぞ！　麗紀とお母さんはすごいな‼」
　お父さんはいつも、オーバーなリアクションをする。
　入院前まで当たり前だったことが、本当に、なつかしい。
　このお父さんのリアクションとか、お母さんの笑顔とか。
　この、優しい家族の雰囲気が。
　あたしの涙腺はいつから、こんなにゆるくなっちゃったのかな。涙のせいで、視界が歪む。
「……麗紀、どうした……？」

お父さんの不安そうな声が、耳に届く。
「……ごめん……なさい」
　無意識に出た言葉。
「麗紀……どうして謝るの？」
「ごめ……なさ……」
　ああ、もう。
　せっかく家族3人で楽しい雰囲気だったのに、あたしのせいで……。
「た、ただ……すごく、幸せだな……って、思って……」
　昔のあたしだったら、幸せだと感じて泣けるなんてこと、絶対になかった。
　家族がいる場所で、こんなこと言えなかった。
　でも、ちゃんと知ることができたから。
　この頭の中の塊のせいで、たくさん苦しんできて。
　たくさんの痛みを知って。
　大切な人たちを傷つけてしまったから。
　たくさんの涙を見て、たくさんの笑顔を見て。
　だから、気づくことができたんだ。
　あたしは、本当に幸せだってことに。
　平凡だったけど、あたしのまわりの人たちは、本当にいい人ばかりで。
　いつも、あたしを笑顔にさせてくれたから。
　今のあたしがいるのは、今まであたしがかかわってきた人たちのおかげなんだ。
「本当に……ありがとう……今まで、本当に……」

俯いたまま、震える声で言った。
"今までありがとう"なんて、お別れみたい。
　でも、無意識に出てしまった言葉。
「もう……麗紀ったら……急になにを言いだすかと思ったら……」
　隣から、お母さんの震える声が聞こえた。
　あたし、またお母さんを泣かせちゃったのか……。
　こんなこと、言わなきゃよかったかな……。
「……麗紀」
　そのとき、お父さんがあたしを呼んだ。
　あたしは返事をせず、顔だけお父さんの方に向ける。
「……今まで、なんて言うんじゃない」
　お父さんは眉間にシワを寄せて、必死で泣くのを我慢してる。
　あぁ、本当に言わなきゃよかった。
　そう思ったとき、お父さんは小さく息を吸った。
「これからも、麗紀は父さんたちの子どもだ。どうなっても、なにがあっても、麗紀は父さんと母さんの、たったひとりの子どもなんだ」
　力強い声で、お父さんは言った。
　でも、ところどころ言葉が詰まってて。
　ほんの少しだけ、声が震えていて。
　こんなお父さん、初めて見る。
「……うん……ごめん……」
　そうだよね。

あたしは、お父さんとお母さんの子どもなんだ。
　どんなことがあっても、これだけは変わらない。
「……ほら！　食べましょ‼　せっかくの料理が、冷めちゃうわよ！」
　お母さんの明るい声に、びっくりする。
　でも、その声が、一気に食卓の空気を変えた。
「そうだな！　早く食べないと、せっかくのごちそうが冷めちゃうな！」
　お父さんも、さっきの震えた声とはちがう、明るい声。
「ほら！　麗紀も食べましょう！」
「あ、うん」
　お母さんに言われ、あたしは肉じゃがをお皿に盛った。
　……さっきの暗かった雰囲気が、ウソみたい。
　お父さんとお母さんは、テレビを見ながら笑っている。
　やっぱり、うちはこういう明るい雰囲気じゃなきゃね。
　さっきみたいな暗い雰囲気は、うちには似合わない。
　あたしは肉じゃがをひと口食べた。
　うん、おいしい。すごくおいしい。
　やっぱり、お母さんの作る肉じゃがが一番。
　他の家の肉じゃがを食べたことがないから、そう思うのかもしれないけど。
　本当に、おいしいんだもん。
　また、泣きそうになってしまうくらい。
　あたしは、何度も泣きそうになりながらご飯を食べた。
　お風呂から上がって、ベッドに座る。

明日は学校か……。
　持ち物もカバンに詰めたし、準備完了。
　ちゃんと、笑えるかな。
　そう思って、自分の頬を手で上げて鏡で顔を見る。
　変な顔……。
「大丈夫。笑える。笑え」
　変な顔をしている自分に、言い聞かせる。
　笑え、泣くな。
　明日は、笑顔でみんなに会うんだ。
「よし！」
　そう言いながら、自分の頬を軽くたたいた。
　そのとき、ふとカバンを見た。
　あれ、あたし、なんか忘れてない？
　なんだっけなー、と思いながら部屋を見わたす。
「……あ‼　手紙だ‼」
　あたしは勢いよくベッドから立ちあがって、机の上に置いておいた封筒をカバンの中に入れた。
　思いだしてよかった〜……。
　これを忘れちゃ、全部台なしになっちゃうもんね。
　お父さんとお母さんの手紙は、机の引き出しの中にしまった。
　これは、明日渡せばいいもんね。
　そう思いながら時計を見ると、もう11時を過ぎていた。
　明日は早く学校に行く予定だから、もう寝なきゃ。
　あたしはもう一度持ち物を確認してから、眠りについた。

空

　——ピピッピピッ。
　ん……朝か……。
　そう思いながら、あたしは目覚まし時計を止めた。
「ふぁ～……」
　大きなあくびをしながら、時間を見る。
　今は5時半。
　まだ外は暗いけど、あたしは学校に行く準備を始めた。
　さすがに早すぎたかな、とも思ったけど、あたしはもうそんなに体力もなくて、いつもどおりのスピードで登校できないかもしれないから。
　それに、2年間通った通学路をゆっくり歩きたい。
　——ズキンッ。
　もう慣れたはずの痛みなのに、思わず顔を歪ませた。
　昨日はあまり痛くなかったんだけどな……。
　あたしは少し不安に思いながら、リビングに向かった。
「あれ、お母さん……？」
「あ、おはよう麗紀。早いのね」
　リビングに向かうと、エプロンをつけたお母さんがキッチンに立っていた。
「うん。今日はちょっと早く学校に行こうと思って……。お母さんもすごい早いね」
「お母さんはいつもこのくらいよ？　お父さんのお弁当作

らないとだから」
「あ、そっか」
　お父さんはいつも、7時頃には家を出る。
　だから、お母さんもこんなに早く起きてたのか……。
「いつもは麗紀の分も作ってるんだけどね。でも、今日はお弁当いらないんでしょう？」
　お母さんは、トン、トン、という一定のリズムを刻みながら言う。
「うん。今日は午前で終わりだから」
「ふふ、学校早く終わってラッキーね」
　イタズラっ子みたいに、お母さんは笑った。
「あ、ほら麗紀。朝ごはん」
　そう言われ、キッチンのカウンターにのせられたご飯を見て、あたしはギョッとした。
「ちょ、こんなに食べれないよ!?」
　そこにあったのは、山盛りのご飯に、焼き鮭、味噌汁、そしてサラダ。
「ダメよ麗紀〜。朝はしっかり食べないと！」
　いやいや、いくらなんでも多すぎでしょ……。
　ずっと病院食だったから、こんな量は食べれないよ。
　それなのに、お母さんの料理を見ているうちに、どんどんお腹が減ってきた。
　病院にいたときは、全然お腹空かなかったのに……。
　そのうち、お父さんも起きてきた。
「麗紀、今日は学校まで車で送っていくから」

「え、いいよ！　今まで通った通学路を、歩いていきたいし……」
「そうか。じゃあ……お父さんも、たまには会社まで歩いていくかな。今日は朝の会議もないし」
　お父さんの会社は、あたしの学校と同じ方向で、学校より先にある。
　たぶん、あたしの体のことを思って言ってくれてるんだ。
　道の途中で倒れたりでもしたら、大変だもんね。
　もしかしてお父さん、今日あたしに合わせてゆっくり行くために、昨日は日曜なのに会社に行ってたのかな……。
「……ありがとう」
　本当はひとりで行きたい気持ちもあったけど、心配かけるのもイヤだから、お父さんに甘えることにした。
　お父さんと一緒に、食卓の席に着く。
「いただきます」
　あたしはゆっくりと、味噌汁を飲んだ。
　うん、やっぱりおいしい。
　それからあたしは、不思議なくらい食欲が湧いて、パクパクと食べた。
　でも、さすがにこの量のご飯は食べきれず、残してしまった。
「ごちそうさま〜。はぁ〜、お腹いっぱい……。ごめんね、残して」
「あら、でも結構食べたじゃない！」
　お母さんはうれしそうに言って、食器を片づける。

時計を見ると、もう６時を過ぎていた。
　うわ、あたし、こんなに時間かけて食べちゃってたのか。
　７時頃には、家を出たいと思ってる。
　お父さんと家を出る時間を決めてから、部屋に戻った。
　あたしは伸びをして、また準備を始める。
「よし、おっけー」
　鏡の前で、そうつぶやいた。
　２年間着ていたはずの制服なのに、初めて着たような感じがする。
「……笑顔、笑顔」
　学校では、笑顔でいるんだ。
　あたしはそう自分に言い聞かせて、部屋を出た。
　玄関に向かうと、ちょうどお父さんも来たところだった。
「忘れ物ないな？」
「うん、今日は持ち物も少ないしね」
　そんな会話をしながら、ふたりで靴を履く。
「「いってきまーす」」
　お父さんと声をそろえて言った。
　お母さんはリビングの扉から顔を出して、「いってらっしゃい！」と笑顔で言った。
　お父さんとふたりで玄関を出る。
「お～、今日は寒いなぁ～」
「だね～」
　家を出た瞬間、寒すぎて鳥肌がたった。
「……今日は、雪が降るかもしれないなぁ」

ポツリと、つぶやくようにお父さんが言う。
　雪、かぁ……。
「よし、行こうか」
　お父さんのその言葉で、あたしたちは歩きだした。
　ゆっくり、学校への道のりを歩く。
　本当に、なにも変わってない。
　この、なんの変哲もない道も、思い返せば、たくさんの思い出が詰まってる。
　小さい頃、美歌とケンカして泣きながら帰ったこの道。
　小学校や中学校の入学式に、ドキドキしながら向かったこの道。
　お母さんと買い物に行って、笑いながら帰ったこの道。
　一歩一歩進むたびに、心が温かくなっていく。
　こんな気持ちで歩くのは、初めてだ。
　お父さんは、あたしが思い出をかみしめていることに気づいたのか、黙ったまま少しうしろを歩いてくれていた。

「ここまでで平気だよ」
　学校のすぐ近くまで来て、あたしはお父さんに言った。
　ここが、お父さん会社の方向との分かれ道だから。
「じゃあ、麗紀。学校がんばれよ」
「うん。仕事がんばって！　いってらっしゃい！」
「おう、麗紀もいってらっしゃい」
　笑顔でそう言って、お父さんは会社へと向かった。

「はぁ……着いちゃった……」
　正門の前で、ゆっくりと目線を上げる。
　2年間通っていた、見慣れた校舎。
　ここには本当に、いろんな思い出が詰まってる。
「……はぁ……疲れた……」
　ゆっくり時間をかけて歩いてきたけど、やっぱり疲れる。
　それに、少し緊張していて、ドキドキする。
　あたしは深呼吸をした。
　よし、行こう。
　ゆっくり、門をくぐる。
「あ、よかった。鍵開いてる」
　あたしは生徒用の玄関の扉を開けた。
　中に入り、ポケットからスマホを取りだして時間を見る。
　ディスプレイに表示されていた時間は、7時40分。
　うわ、あたしこんなに時間かけて歩いてたのか。
　お父さん、仕事に遅れてないかな？
　心配しながら、あたしは靴を履き替えた。
　この上履きを履くのも、本当に久しぶり。
　でも、履きなれてる靴。
　もうだいぶ、汚い。
「ホントに久しぶりだ〜……」
　学校独特の匂いが、あたしの鼻をくすぐる。
「……教室に行く前に、音楽室行こうかな」
　そうポツリとつぶやいて、あたしは音楽室に向かった。
　下駄箱から音楽室に行くこのろう下は、本当に何度も

通った。
　コンクール会場に行くために、ドキドキしながら楽器を運んで。
　コンクールが終わって、笑って帰ってきたり、泣きながら帰ってきたり。
　そんなことを思いだしながら歩いていたら、もう音楽室の扉が目の前にあった。
　ゆっくりと、ドアノブに手をかける。
　——ガチャッ。
　錆びて少し硬くなった扉を開けた。
　ああ、やっぱり、なにも変わってない。
　大きなピアノも、賞状も、吹奏楽部の基礎練習の内容が書いてある紙も。
　なにもかもが本当に変わってなくて、それがうれしくて、泣きそうになってしまう。
　あたしは、合奏のとき自分が座っていた位置に行った。
　イスを持ってきて、前みたいにそこに座る。
「はぁ……」
　涙がこぼれそうになる。
　ここから、山ちゃんのクセのある指揮を見てた。
　ここで、いろんな曲を演奏した。
　ここで、みんなの奏でる音を聴いた。
　あたしはゆっくり立って、楽器がしまってある準備室に行った。
　その中には、みんなの楽器がたくさんある。

あたしは楽器ケースから、自分の楽器を出した。
あぁ、ダメだ。涙がこぼれる。
２年間一緒にいた楽器を目の前にすると、やっぱり涙が止まらない。
本当に、今までありがとう。
吹き方がヘタで、ごめんね。
でもあたしは、バリトンサックスでよかった。
あたしは、拭いても拭いてもあふれる涙を拭いながら、楽器を軽く手入れした。
きっと、最後だから。
次の春に入部してくる１年生も、大事に使ってくれますように……。
そんな願いを込めて。
手入れが終わると、あたしは教室に向かった。
階段を一段一段、ゆっくりと上る。
この傷だらけの床も、隅っこに落書きがされている壁も、全部目に焼きつける。
忘れてしまわないように。
いつでも思いだせるように。
誰もいないろう下を歩いて、教室の扉の前に立つ。
「……よし」
ガラガラッという音を、誰もいない教室に響かせる。
ああ、この雰囲気、久しぶり。
机が少し斜めに並んでるのも、掲示物が取れそうになってるのも。

全部が、あたしの記憶のまま、目の前にある。
　でもその記憶は、すごく遠くにある感じがする。
　黒板の上にある時計を見ると、8時前だった。
　まだ、みんなが来るまでには時間がある。
　あたしは静かに教室を出て、屋上に向かった。
　2階から屋上までって、結構階段上るんだよな……。
　あたしはやっとの思いで、屋上の扉の前にたどりついた。
　そして、ドアノブを回して、重い扉を力いっぱい引く。
「よい、しょ……」
　扉を開けた瞬間、冷たい風があたしの髪を揺らした。
「さっむい……」
　手で腕をさする。
　学校に来たときより、寒さが増してる気がする。
　あたしはゆっくり歩いて、フェンスに向かった。
　どこからか飛んできた枯れ葉を、クシャッと踏む。
　前にここに来たときと、同じように。
　カシャンッと、フェンスに手をかける。
　目の前を見ると、もう太陽が昇りきった街があった。
　特別、派手なものがないこの街。
　でも、今まであたしが育ってきた街。
　前の朝に、ここに来たときは、こんなきれいな光景があるなんて気づかなかった。
　違う……気づけなかった。
　あのときは、絶望しかなくて。
　あたしの命は半年しかないんだと。

もう、一生懸命生きる必要なんてないと。
　そう思えば思うほど、どうすることもできなくて。
　この世界から目を逸らして、ここから逃げてしまいたいと思って、フェンスを越えた。
　そうしなきゃ、ただまっ暗で、目の前が見えない道を、ひとりで歩いていくことになると思ってた。
　でも、違った。
　たくさんの人が、あたしの道を照らそうとしてくれた。
　お母さん、お父さん、主治医の先生。
　顧問の山ちゃんや、部長の紗夜。
　そして、美歌や緒川くん。
　みんながあたしに、手を差し伸べてくれた。
　その手をあたしが振りはらってしまっても、何度も差し伸べてくれた。
　だからあたしは、今、ここにいられる。
　今まで見失っていた、大切なものを見つけられた。
　こんな素敵な景色を見ることができた。
　もう、前のあたしとは違うんだ。
　街を見ていた目線を上に向けた。
　さっきより、少し雲が多くなった空。
　それでも、透きとおって、きれいな空。
「あ……」
　あたしは思わず、目を見開く。
　ちょうどあたしの目線の先にいたのは、大きな鳥。
　緒川くんと見た、優雅に飛ぶ鳥だ。

今日も、気持ちよさそうに羽を広げて飛んでいる。
「……きれい」
　そうポツリとつぶやいたとき、うしろからバタンッ！という大きな音が響いた。
　びっくりして、勢いよく扉の方に振り向く。
　そしてあたしはまた、目の前の光景に驚いた。
「……ハァッ……ハァッ……」
　乱れた息、苦しそうな表情。
　太陽の光を反射する明るい髪が、乱れた呼吸に合わせて揺れる。
「……緒川、くん……」
　彼の名前を口にしただけで、泣きそうになってしまう。
「く、りた……お前……」
　まだ呼吸が整っていないのか、あたしの名前が、途切れ途切れに呼ばれた。
「ハァッ……お前っ……なんで……」
　軽く咳をする緒川くん。
　ああ、もう、本当に……。
　声を聞いただけで、顔を見ただけで、なんでこんなに胸が苦しくなるんだろう。
　でも、今はその苦しさに、安心してしまう。
「……おはよう」
　小さくそうつぶやいた。
　あたしの声を聞いた緒川くんは、きょとんとする。
　でも、そのあとクスッと笑った。

「おはよう、栗田」
　優しい笑顔で、声で、緒川くんは言った。
　そのせいで、あたしは泣きそうになる。
　喉がキュウッとなって、うまく息ができなくて。
　口をかたく結んで、涙を我慢する。
　緒川くんは、そんなあたしの様子に気づいていないのか、ゆっくりあたしの方に歩きだした。
　そしてそのまま、あたしの目の前に立つ。
「……学校来て下駄箱見たら、靴あってびっくりした」
　困ったような笑顔で話す緒川くん。
　そんな優しい声で、話さないでよ……。
　涙を我慢できなくなるじゃない。
「そんでさ、なんか気づいたら、無我夢中で屋上まで走ってた」
　ゆっくりと、緒川くんの手があたしの頬に触れる。
　最初に緒川くんと屋上で話したときみたいに、涙を拭うように優しく触れる。
「……ずっと……っ」
　そう緒川くんがつぶやいたと同時に、あたしの頭が片手で優しく包まれて、前に引きよせられた。
　あたしは一瞬、なにが起こったのかわからなくて混乱する。
　それでも、ギュウッと強く、温かいものが体を包んでいるのがわかった。
　彼の腕が、あたしを強く抱きしめる。

「お、がわく……」
　苦しくて、うまく言葉が出てこない。
　でも、その苦しさが心地よくて。
　この温かさが心に染みて。
　もう、涙を我慢することなんて、できないと思った。
「……ずっと、会いたかった……」
　耳もとでささやかれた声は、本当に小さくて。
　とても悲しくて、苦しくて。
　でもどこか、力強い声で。
　気がつくと、もうあたしの頬は涙で濡れていて。
　あたしを抱きしめる緒川くんの腕は、かすかに震えている。
　あたしも……あたしも会いたかった。
　このひと言が言えれば、どれほど幸せだろう。
　でも、言ってはいけない気がして。
　言ってしまったら、なにかが崩れてしまいそうで。
　あたしはグッと我慢した。
　そのせいか、涙はさっきよりもあふれだす。
「お、がわ、くん……ごめ……」
　あたしは涙を拭きたくて、緒川くんから離れようとした。
　それなのに。
「涙は、俺の服で拭いていいから……まだ……」
　そう言って緒川くんは、離れようとしたあたしを、また腕の中に閉じこめる。
　これじゃあもう、離れられない。

……離れたくない。
　あたしは、ゆっくりと、緒川くんの背中に手を回した。
　こんなこと、していいのかな。
　そう思ったけど、もう止められなくて。
　今まで心にかかっていた鎖(くさり)が、解けていくみたいに。
　彼に触れるだけで、こんなにも、心が温かくなるんだ。
　そのとき、緒川くんの背中に回した手に、ヒヤリと冷たいものがあたった。
「……あ……」
　ふいに、緒川くんが言う。
　あたしは顔を上げて、緒川くんを見る。
「……雪だ……」
「え……？」
　緒川くんの言葉を聞いて、空を見上げた。
　すると、目の前には空から落ちてくる、ふわふわした白いもの。
　そのふわふわしたものは、緒川くんの肩にのると、じわりと姿をなくした。
「すごい……きれい……」
　そうつぶやいたとき、緒川くんの腕がするりと離れた。
　でも、すぐにあたしの手を優しく握る。
「まさか、こんな朝から降るとはな」
　空を見上げる緒川くんは、どこかうれしそうで。
　あたしも、なんだかうれしくなる。
「初雪だね」

あたしがそう言うと、緒川くんはあたしを見て「そうだな」と優しく笑った。
　この笑顔は、あたしの好きな笑顔だ。
　少し大人びて見える彼に、思わずドキッとしてしまう。
「……寒くなってきたし、そろそろ戻るか」
　その彼の言葉に、あたしは小さく頷いた。
　そのとき……。
「……麗紀!?」
　バタンッ！と大きな音がしたと同時に、名前を呼ばれた。
　あたしはびっくりして、声が聞こえた扉の方に振り向く。
「……み、か……」
　思わず、口からあふれた言葉。
　その声はとても小さくて、自分でもあまり聞こえなかった。
「ハァッ……麗紀……」
　美歌は、さっきの緒川くんと同じように息が荒い。
　すごいスピードで走ってきたのか、美歌の前髪は少し崩れていて。
　どうしてだろう。
　昔から一緒にいたのに。
　いつも、ふたりで騒いで遊んでいたのに。
　どうして今、こんなに緊張しているんだろう。
　ちゃんと、美歌の顔を見ることができない。
　心臓はドキドキとうるさくて、指先が冷えていく。
「……麗紀、麗紀ぃ……！」

そう名前を呼ばれたと思った瞬間、美歌が勢いよくあたしに抱きついてきた。
　あたしはその衝撃でバランスを崩したけど、とっさに緒川くんが体を支えてくれた。
　一瞬の出来事に、頭がまっ白になる。
　この状況が、まったく理解できなくて。
　だってあたし、美歌にあんなひどいこと言ったんだよ。
　自分でも苦しくなるくらい、ひどいことを。
　だから、今日美歌と会うのが怖くて。
　あたしを見たときの美歌の顔を、見るのが怖くて。
　嫌われて当たり前なのに。
　それなのに、どうして美歌は、こんなに優しく抱きしめてくれるの？
　思いっきり殴ってくれても、よかったのに。
　こんなに優しく抱きしめられたら、あたしはどうしたらいいのかわからないよ。
「……ホント、なんなの……‼　なんで、なんでなにも言ってくれないの‼　なんで……！」
　美歌が、あたしの胸で小さく叫ぶ。
「麗紀はいつも……いっつもひとりで抱えこんで……それなのに……あたしはなにもできなくて……」
　震える声で、美歌はそう続けた。
　頬に、涙が伝った。
　その涙は、どんな感情で流れたのか、自分でもわからない。

悲しいのか、うれしいのか。
わからないのに、涙は次々とあふれてくる。
「ごめんね……ごめんね麗紀……」
美歌はそう、小さく言った。
どうして……どうして美歌が謝るの。
美歌はなにも悪くないんだから。
悪いのは全部あたしなんだから。
「ごめん……ごめんね……」
ただただ、美歌はそう繰り返す。
その言葉を聞くたびに、あたしの心のなにかが、崩れていく気がした。
あんなひどいことを言ったのは、あたしなのに。
謝る方はあたしなのに。
これ以上あたしが美歌の近くにいたら、美歌が傷つくと思ったから、引きはなしたのに。
あたしは、結局美歌を傷つけて……自分が悪いって、罪悪感まで感じさせてしまっていたんだ。
なにも悪くない美歌に、こんなに謝らせてしまうくらい。
そのとき、ずっと謝り続けていた美歌の言葉が止まった。
あたしは美歌を見る。
「……でも……ありがとう、麗紀……」
「え……？」
予想もしてなかった言葉に、あたしの涙がすっと止まる。
「今日……今日来てくれて、ありがとう……」
そう言って、美歌は泣きはらした顔で、あたしに笑いか

ける。
「あたしは……麗紀に嫌われても……いいんだ……。でも、もっと話したいこともいっぱいあるし、もっとふたりで遊びたいし……もっと……っ……」
　美歌は、最後まで言う前に、また涙を流す。
　違う、違うんだよ。
　あたしが美歌のこと、キライになるわけないじゃない。
　あたしだって、もっと話したいし、もっとふたりで遊びたい。
　でももう、あたしには時間がないから。
　いつこの命が終わるか、わからないから。
　でも……でもね、美歌。
　今、これだけは伝えたい。
「……ありがとう、美歌……」
　あたしがその言葉を言うと、美歌は驚いた顔をしてあたしを見る。
　本当は、こんなひと言じゃ全然足りない。
「ごめんね」だって言いたい。
　たくさん美歌を傷つけてしまったんだから。
　でも、謝るよりも、感謝の気持ちを。
「ありがとう……本当に、ありがとうね……」
　あたしがそう繰り返すたびに、美歌の大きな目から涙がポロポロ落ちる。
　その涙を見て、あたしも思わずまた泣いてしまう。
　ああ、たくさん泣いたせいかな。

頭がズキズキと痛む。
でも今は、そんなこと気にしていられなくて。
ただ、今のこの状況が、とても幸せだと思えた。
大好きなふたりと、ちゃんと話せたことが。
そんな些細なことが、本当にうれしくて。
もう死んでもいいやって思えるくらいに、幸せだと思った。
今までガチガチだった心と体が、ゆっくりとほぐれていくみたいに。
「幸せ」っていうひと言じゃ足りないくらいに幸せで、うれしくて。
本当はもっと、他の方法があったのかもしれない。
ふたりを傷つけずに、今日を迎えることができたかもしれない。
でももう、そんなこと思っても仕方がない。
過ぎた時間を戻すことは、できないんだから。
どんなに後悔したって、もう、戻ることはできない。
でも、だからこそ、今まで過ごした時間も、今この時間も、愛しいと思える。
「よし！　そろそろ時間だし、行くか！」
そのとき、緒川くんが重かった空気を変えるように、明るく言った。
緒川くんの顔を見ると、少しだけ鼻が赤くなっていた。
「……そうだね！　なんか雪降っちゃってるし‼　早く戻ろう！」

美歌も、笑ってそう言った。
このふたりが笑うだけで、空気が明るくなるから不思議だ。
そう思っていると、美歌が扉の方に走りだした。
そして、「ほら！　麗紀と緒川くんも早く‼」と扉を開けて言う。
そんな美歌を見て、あたしは扉の方に歩きだした。
「……仲直りできて、よかったな」
「……え？」
あたしは驚いて、緒川くんの方に振りかえる。
でも緒川くんは、優しく微笑んで「ほら、行くぞ」とだけ言って、あたしの背中をポンッとたたいた。
あたしの横を通って、緒川くんが前に進んでいく。
ああ、どうしてだろう。
緒川くんの背中を見ると、どうしても涙が出そうになる。
あたしは、その涙をぐっと我慢して、歩きだした。
そのとき……。
——ズキンッ！
「……っ……⁉」
頭の強い痛みに驚いて、思わず立ちどまる。
——ズキンッ、ズキンッ……。
痛みは、心臓の鼓動みたいに一定に頭に響く。
「……栗田……？」
不安げな、緒川くんの声が聞こえた。
こんなに頭が痛いのに、彼の声を聞いただけで安心する

のは、なんでだろう。
「麗紀? どうしたの……?」
 遠くの方で、美歌の声が聞こえる。
「ごめん……なんでもない……」
 あたしはそう言って、また前に歩きだそうとする。
 ──ズキンッ!
「……っ……‼」
 でも、あたしは一歩を踏みだす前に、その場にしゃがみこんでしまった。
「栗田‼」
「麗紀‼」
 ふたりの大きな声が、同時に響いた。
 その声が、やけに遠く聞こえる。
「おい! 栗田‼ 大丈夫か⁉」
 緒川くんが、あたしの肩を優しく両手で包む。
「あ、あたし、先生呼んでくる……っ!」
 そう言って美歌は、校舎の中に行ってしまった。
 待って。行かないで。
 まだ、まだ話したいことがたくさんあるから。
「……み、か……」
 ちゃんと名前を呼びたいのに、あまりにも痛くて、口が動いてくれない。
「栗田……大丈夫だから……なにも言うな……!」
 その緒川くんの声が、あまりにも苦しそうで。
 あたしの隣で言っているはずなのに、その声はよく聞こ

えない。
「お、がわ……く……」
　——ズキンッ。
「……う……っ」
　なにか硬いもので思いきり殴られたみたいな衝撃が、頭に響いた。
　あたしは、バランスを崩して倒れこむ。
「栗田‼」
　緒川くんが、あたしの体を支える。
　でも、視界がぼやけて、彼の顔がよく見えない。
　今、緒川くんが、どんな顔をしているのかわからない。
　……ああ、もう、ダメだ。
　そう思った瞬間、あたしは意識を手ばなした。

今まで

「……紀！　麗紀!!」
「お願い……お願い麗紀……」
　遠くの方で、名前を呼ばれた気がした。
　ゆっくり目を開けると、ひどくまぶしい。
「麗紀!!　麗紀!!」
　そう言って、誰かがあたしの頬にそっと触れた。
　この優しい手は、お母さんかな……。
「先生！　麗紀、目を覚ましましたよ!!　これで、これで大丈夫なんですよね……!?」
　あたしの大好きな声が、聞こえた。
　この声は、美歌……？
「先生……！　麗紀は……!!」
　あたしは、その声の方に目を向けた。
　ぼやける視界の中で、美歌を見つける。
「……最期の言葉を、かけてあげてください……」
　あたしの横で、そんな言葉が聞こえた。
　でも、あたしは頭が朦朧としていて、言葉の意味がよく理解できない。
「……そんな……」
　美歌の、悲しそうな声が聞こえた。
「……麗紀……麗紀……」
　あたしの頬を包む手が、そっと離れた。

お母さんは、そのままベッドの横にしゃがみこむ。
　ああ、もう、本当に、終わりなのかもしれない。
　あたしは、もう……。
「……んだよ、それ……」
　そのとき、苦しそうな声が聞こえた。
「栗田……、まだやりたいことあんじゃねぇのかよ……」
　緒川くん……。
　彼の顔を見ると、泣きそうな顔をしていた。
　彼はそっとあたしに近づいて、優しくあたしの手を握った。
「まだたくさん話したいことがあるんじゃねぇのかよ……」
　ぐっと、手に力が込められる。
「俺だって……まだ栗田に話したいこと、たくさんあんだよ……なのに……なのに、最期ってなんだよ……」
　そう彼が言った瞬間、あたしの手にポツリと冷たいなにかがあたった。
　その冷たいなにかは、次々とあたしの手にあたる。
　あたしはゆっくり、緒川くんの顔を見た。
　彼は、泣いていた。
　そのきれいな目から、たくさんの涙があふれていた。
「お、がわ、くん……」
"泣かないで"
　そう伝えたいのに、喉がカラカラに渇いていて、声にならない。
　あなたには、笑っていてほしいんだ。

あたしの最期は、あなたの笑顔を見たい。
「くっそ、なんでこんな……」
　そう言って緒川くんは、涙を拭った。
　ああ、あたしは、幸せだ。
　ふと、そう思った。
　大好きな人たちに囲まれて、このときを迎えることができた。
　もう、視界がぼやけてよく見えない。
「最期の、言葉を……」
　先生が、そうつぶやいた。
「麗紀！　イヤ……!!　麗紀!!」
　美歌の、大きな声が響く。
「イヤだ……！　イヤだ、麗紀……!!」
「おい、栗田!!」
　ふたりの大きな声が、やけに遠く感じる。
「麗紀……麗紀……」
　お母さんが、優しくつぶやいた。
　お父さんは、あたしのもう片方の手を握って、泣きながら、覚悟したようにゆっくりうなずいた。
　もう、なにもかもがわからなくなっていく。
　ズキン、ズキンと、一定のリズムで痛む頭。
「麗紀！　麗紀!!」
　もう、誰の声かもわからない。
　でも、もうそんなに名前を呼ばないで……。
　もう、息ができないくらい苦しいのに。

お母さんや美歌の声を聞くのが、こんなにつらいなんて。
苦しさより、切なくて、涙が出そう。
でももう、涙が頬を伝っているのかどうかもわからない。
……どうして、こんなときにいろいろ思いだすんだろう。
今まで見てきた景色が、たくさん頭に思い浮かぶ。
余命半年と言われて、一気に世界に色がなくなった。
でも、緒川くんが、色をくれた。
一緒に行った、キラキラ光る海。
太陽に負けないくらいのまぶしい笑顔が、あたしを照らしてくれて。
死のうとしたあたしを、あの温かい手で救ってくれた。
美歌だって、あんなひどいことをしたのに、あたしを信じていてくれた。
いつも笑顔を見せてくれて、いつもあたしを引っぱってきてくれた。
お母さんは、あたしの病気のことできっとたくさん苦しんで、悩んだはずなのに。
たくさん涙を流しながらも、あたしの体のことを気づかってくれて。
ずっとあたしに笑顔を向けようとしていてくれた。
お父さんは、あたしの前ではいつも頼りになる姿を見せてくれたけど、きっとたくさん苦しんでた。
それでも、優しく微笑んで、静かにあたしを見守ってくれていた。
他にも、紗夜や山ちゃん。そして部活のみんな。

こんなに、たくさんの人に支えられていたんだ。
あたしは、本当に幸せ者だった。
幸せ、だったんだ。
「栗田……！」
悲しそうな、でも、力強い緒川くんの声がはっきりと聞こえる。
もう、もういいよ。
今まで、本当にありがとう。
どんどん、意識がなくなっていく。
あたしはそのまま、吸いこまれるように、目を閉じた。

第4章

前を向いて

【美歌side】
　大好きな親友が、突然いなくなった。
　これからもふたり、一緒になって泣いたり大笑いしたりして、一緒に大人になっていくんだと、ずっとそう思ってた。それなのに……。
『……ありがとう、美歌……』
　麗紀の、その言葉が忘れられない。
　あたしは、麗紀になにもしてあげられなかったのに。
　麗紀はずっと、悩んで苦しんでいて、それなのにあたしは……あたしは麗紀の親友なのに、麗紀の苦しさに気づくことができなかった。
　だからあたしは、麗紀に『ありがとう』なんて言われる立場じゃない。
　あたしは、ただの最低な人間だ。
　麗紀のお葬式があった日から、何日経ったんだろう。
　もう1週間くらい経ったのか、それ以下なのか、それ以上なのかも……よくわからない。
　お葬式に出席しても、全然実感が湧かなくて。
　それでも遺影に写るのは、確かに麗紀で。
　棺桶で静かに眠っているのも、麗紀で。
　この現実が受け止められなくて、まだウソだと信じたくて。

まったく、涙は出なかった。
　涙を流してしまったら、現実を受け止めてしまいそうで。
　まだ麗紀は、あたしの隣で笑ってくれると信じたくて。
　それでももう、麗紀はあたしの隣で笑ってくれない。
「……麗紀……」
　何度この名前を呼んでも、誰も振り向いてはくれない。
　もう何日も、外の景色を見ていない。
　部屋のカーテンは、ずっと閉めきったままで。
　あたしはずっと暗い部屋で、ベッドの上で小さくうずくまったまま。
　きっと今は、外には雪が積もっているんだろうな……。
　麗紀が学校に来てくれた日に、初雪が降って。
　あの日は一日中、雪が降り続いていた。
　ずっと、空が灰色によどんでいて。
　あの透きとおったきれいな空を見たいと顔を上げても、厚い雲が邪魔をして。
　麗紀と一緒に見た空を、見たいのに。
「……ねぇ、麗紀……」
　そうポツリとつぶやきながら、上を見上げる。
　でも、目の前にあるのは、きれいに透きとおった空なんかじゃなくて、ただの暗い天井。
「……あたしは、もう、がんばれないよ……」
　麗紀みたいに、強くいられない。
　きっと、たくさん苦しんでいたはずなのに、それをあたしにバレないように。あたしと一緒に、笑ってくれた。

苦しいはずなのに、あたしには一切、涙を見せなかった。
こんなに、たくさん麗紀のことを思いだすのに。
思いだすこと全部、なんだかものすごく前の出来事みたいで。
もう、なんにも、信じられない。
「⋯⋯美歌？」
コンコンッというノックの音と同時に、お母さんの声が聞こえた。
「美歌、入るわよ⋯⋯？」
そう言ってお母さんは、不安そうに部屋の扉を開けた。
「⋯⋯どうしたの⋯⋯」
「あ、えっとね⋯⋯今さっき、麗紀ちゃんのお母さんが家に来てね⋯⋯」
お母さんはそう言いながら、一通の封筒をあたしに差しだした。
「これを、麗紀ちゃんのお母さんが美歌にって持ってきてくださったのよ。麗紀ちゃんが、美歌宛に書いた手紙だって⋯⋯」
お母さんは泣きそうになっているのか、声が震えている。
あたしはゆっくりと、お母さんから手紙を受けとった。
「⋯⋯こんな暗い部屋じゃ読めないから、電気つけるわね」
そう言って、お母さんは部屋の電気をつける。
そしてそのまま、悲しげに微笑んで、部屋を出ていった。
あたしは、持っている封筒に目線を落とす。
麗紀が、あたし宛に書いてくれた手紙⋯⋯。

麗紀から手紙をもらったのなんて、いつぶりだろう。
そう思いながら、ゆっくりと封筒を開けた。

美歌へ
こんな風に、美歌に手紙を書くのなんて
中学の頃以来だね。
急にこんな手紙書いて、ごめんね。
少し照れくさいけど、
美歌にはたくさん伝えたいことがあるから。
美歌、ありがとう。
こんなあたしと、友達でいてくれて。
いっつも笑顔を見せてくれて、ありがとう。
小さい頃からずっと一緒にいるけど、
あたしの隣にいてくれたのが美歌で、
本当によかった。
美歌ももう知ってると思うけど、
あたしはネガティブだし、
すぐくよくよ迷う性格だけど、
美歌が隣で笑ってくれてたから、
あたしも元気に笑顔でいられたんだ。
ずっと、美歌の隣で笑っていたかった。
美歌と一緒に、大人になりたかったなぁ。
美歌が将来、美容師さんになって、
そしてあたしがお客さんとして

美歌に髪を切ってもらうのが、
あたしの夢のひとつ。
だから美歌、夢をあきらめないでね。
きっと、つらいことも苦しいことも
たくさんあると思うけど、
美歌ならそれを乗り越えられるって、
あたしは信じてます。
美歌の負けずぎらいな性格なら、大丈夫だよね！
ただ、無理はしないでね。
つらいことや悲しいことがあると、
美歌は無理しちゃうから。
つらくなったら、悲しくなったら、
たくさん泣いていいんだよ。
そして、美歌。
あたしはきっと、
美歌をたくさん傷つけてしまったと思う。
本当に、ごめんね。
今さら謝っても、もう遅いのかもしれないけど……。
でもあたしは、美歌が大好きです。
あたしはいつでも、美歌の味方だよ。
空を見上げていれば、きっと、大丈夫だから。
笑顔で、前を向いて生きて。
本当に、ありがとうね、美歌。

麗紀

手紙を読み終えた瞬間、なにか温かいものが、ゆっくりと頬を伝った。
　その温かいものは、頬を伝って、そのまま手紙の上にボタボタと落ちていく。
「……っ……麗紀……」
　ずっと、ずっと出なかった涙が、ボロボロとあふれてくる。
「……麗紀……麗紀ぃ……！」
　拭っても拭っても、涙はあふれてくる。
　もう、麗紀はいない。
　この手紙を残して、麗紀は、もう本当に……。
「うっ……うあぁ……」
　思わず声が漏れる。
　悲しくて悲しくて、仕方がない。
　それなのに、この手紙が温かくて。
　こんなに悲しくて、温かい手紙をもらったのは初めてで。
　信じたくなかった現実を突きつけられて。
　でも、ちゃんと現実を受けとめないと、次に進んでいけない。
　前を向いて、生きていけない。
　ごめん、ごめんね、麗紀……。
　あたしはずっと、逃げたかったんだ。
　こんな悲しい現実から、逃げたくて仕方がなかった。
　でも、それじゃ、ダメなんだ。
『笑顔で、前を向いて生きて』

この言葉が、ストンと胸に落ちる。
「……前を、向いて……」
　そう小さくつぶやきながら、ゆっくりと、カーテンの裾をつかむ。
　そして静かに、カーテンを開いた。
「……晴れ……」
　窓の外には、太陽の光に反射して、キラキラ光る積もった雪。
　そして空は、透きとおった青。
「きれい……」
　久しぶりに見た外の景色が、こんなにきれいだなんて。
　まるで、なにか魔法がかかっているみたい。
『空を見上げていれば、きっと、大丈夫だから』
　麗紀がそう言うなら、きっと大丈夫。
　まだまだ麗紀が隣にいないなんて、信じられない。
　だけど、大丈夫。
　麗紀が残してくれたこの手紙があれば。
　麗紀の言葉があれば。
「ありがとう……麗紀……」
　ちゃんと、前を向いて生きていく。
　目の前に広がる青空を信じる。
　だから、麗紀……。
　ずっとずっと、あたしのこと、見守っていてね……。

夢を

【和也side】

　桜の花びらが、俺の目の前をヒラヒラと落ちていく。
　あれから、3ヶ月。
　今日は、栗田の月命日だ。
　俺は今、栗田のお墓がある墓地に向かって歩いている。
　手には白いユリの花束。
　今は桜が満開で、優しい風が桜の花びらを優しく揺らす。
　ふと立ちどまり、空を見上げた。
　目の前に広がるのは、雲ひとつない、きれいな空。
　俺はその空を見て、思わず泣きそうになってしまう。
　ああ、栗田と見た空もこんな空だったな。
　栗田は……栗田は、こんなきれいな空を、どんな気持ちで見ていたんだろう。
　どんな思いで、こんなきれいな空を見ていたんだろう。
　俺は空から目線を逸らして、歩きだした。
　もう春になったんだ。
　あの雪が降った日から、もう何日も経っているのに。
　俺の気持ちは、まだあの日のままだ。
　心に大きな穴が空いたみたいに。
　友達と一緒にいても、ふと思いだしてボーッとしてしまったり。
　笑うことが少なくなってしまって。

自分がこんな風になるのは初めてで。
　この気持ちを、自分でもどうしたらいいのかもわからない。
　俺がふざけて誘った海で、栗田は笑ってくれていた。
　でも、その笑顔はどこか切なくて。
　なにかを、隠しているような。
　……なにか大きな重荷を、ひとりで抱えこんでいるような。
　そんな栗田を助けたくて、俺は救おうとしたつもりだった。
　でも、結局俺は、栗田になにもすることができなかった。
　もしかしたら俺は、栗田の秘密を知るのが怖かったのかもしれない。
　知ってしまったら、なにか大切なものを、失ってしまうんじゃないかって。
　でももう、そんなこと考えたって遅い。
　もし、秘密を知ってしまうのが怖かったとしても、聞くべきだったんだ。
　俺から、なにを抱えこんでいるのか聞くべきだった。
「……くっそ……」
　こんな自分が情けなくて仕方がない。
　思わず、花束を持った手に力が入った。
　そうしているうちに、俺は墓地へとたどりついていた。
　ゆっくりと、栗田の墓へと向かう。
「……ん……?」

ちょうど栗田の墓が見えたとき、俺は足を止めた。

栗田の墓のところに、誰かいる……？

しゃがんで手を合わせている人が見える。

小柄で、長い髪をうしろでひとつにまとめたその人を見て、俺はハッとする。

「もしかして……」

栗田のお母さん……？

ああ、きっとそうだ。

なんとなく、雰囲気が似ている気がする。

それにたしか、栗田が亡くなった日に、病院で会った気がする。

……あの日はまわりが全然見えてなかったから、はっきりとは覚えていないけど。

「…………」

どうしようか。

今、栗田の墓に行くのはなんとなく気まずいし……。

俺は腕時計を見る。

まだ時間はあるし、またあとで来よう。

そう思って、俺は来た道を戻ろうとした。

そのとき……。

「あ、あの……」

ふと、遠くの方から声が聞こえて、俺は振りかえる。

するとそこには、さっき墓の前にいた栗田のお母さんがいた。

「もしかして、緒川くん……？」

そう言われて、ドキリとする。
　なんで、俺の名前を……？
「……はい……緒川ですけど……」
　俺は緊張してしまって、声がガチガチになってしまう。
「ああ、よかった……。あなた、麗紀が亡くなる日に、病院で一緒にいてくれた子よね……？」
　栗田のお母さんは、優しく微笑みながら言う。
　その顔と声は、やっぱりどこか栗田に似ていて。
　俺は思わず、泣きそうになってしまう。
「はい……いました」
　震えそうになる声を、必死に耐える。
「今日は、お墓参りに……？」
「はい……」
「そう……ありがとうね……あ、そうだ」
　そう言うと、栗田のお母さんはなにかを思いだしたように、カバンを探しはじめた。
「はい、これ……」
　そう言って渡されたのは、一通の封筒。
「これは……？」
　星柄のその封筒を、俺は受けとる。
　裏側を見ると、きれいな字で小さく"緒川くん"と書かれていた。
「……これ、麗紀のカバンの中に入っていたのよ。美歌ちゃん宛のも入っててね……。きっと、学校であなたと美歌ちゃんに渡すつもりでいたのね。……でも……」

そこまで言って、栗田のお母さんは「ごめんなさい」と言って涙を拭った。
「あの子は、素直に自分の気持ちを伝えるのが、苦手だったから……」
「…………」
　きっと、栗田はたくさん苦しんだんだ。
　たくさん悩んで、苦しんで。
　なのに、俺に向けてくれたのは、切なさを含んでいながらも笑顔で。
　突きはなされても、俺はあの儚い笑顔が忘れられなかった。
「……ありがとうございます……」
　そう言って、俺は頭を下げた。
「えっ……そんな……頭を上げて……」
　焦ったような声が聞こえる。
「この手紙を、僕に届けてくれて……ありがとうございます……」
　声が、震える。
　涙も、あふれそうになる。
「こちらこそ、ありがとう……。麗紀は、あなたと出会えて本当によかったと、私は思います……」
　その言葉に、俺はゆっくりと頭を上げる。
「……それじゃあ……」
　栗田のお母さんは優しく微笑んだ。
「本当に、ありがとうございました」

そう言って、俺は栗田のお母さんと別れた。

ゆっくりと、栗田の墓に向かう。

さっきまでは足が重かったのに、なぜか今は、少しだけ軽い。

「……よお、久しぶり」

栗田の墓の前に立って、ポツリとつぶやく。

もうすでに、花入れには花を生けてある。

きっと、栗田のお母さんだろう。

俺は自分が持ってきた花束を、そっと栗田の墓に置いた。

そのとき、墓の上にひらりと桜の花びらが落ちた。

でも、その花びらは、落ちてすぐ、風に飛ばされてどこかへ行ってしまった。

俺は、ゆっくりと目を閉じて手を合わせる。

どのくらい、手を合わせていたかはわからないけど、俺はしばらくして目を開けた。

……よし、読むか……。

俺は覚悟を決めて、封筒を開けた。

手紙をもらって、こんなに緊張したことはない。

そして俺は、ゆっくりとそこに書かれた文を読みはじめた。

緒川くんへ

急に、こんな手紙を渡してしまってごめんなさい。

でももう、会えないと思うから、手紙で伝えます。

緒川くん、本当に、ありがとう。
あの海の日は、
一生忘れられない思い出になりました。
あの急な坂は、本当に怖かったけど、
すごく楽しかったです。
それに、あんなにきれいな海を見たのは
初めてでした。
連れていってくれて、本当にありがとう。
そして、本当にごめんなさい。
あたしが弱いせいで、緒川くんにひどい言葉を
たくさん言ってしまいました。
それでもあたしは、
あなたの笑顔にたくさん救われました。
何度も何度も、救われました。
だから、いつまでも、笑顔でいてください。
こんなの、あたしのワガママでしかないけど、
緒川くんにはいつまでも笑っていてほしいです。
あのとき、屋上で助けてくれて、ありがとう。
だからあたしは、ここまで生きてこれました。
本当に、ありがとう。

麗紀

「……っ……」

　唇を噛みしめる。

それでも涙はあふれて、頬を濡らす。
手紙は、ところどころ濡れていた。
きっと栗田は、泣きながらこの手紙を書いたんだろう。
その涙の跡がどうしようもなく切なくて、悲しくて。
『いつまでも、笑顔でいてください』
その文章を、読み返す。
……栗田。
お前がそう言うなら、俺は笑顔でいるよ。
きっと、泣いてしまうこともあるだろうけど。
それでも、この手紙を思いだして、笑顔でいる。
俺は、これ以上涙があふれないように、上を向いた。
「……あ……」
すると空には、栗田と一緒に見た鳥。
大きな羽を広げて、優雅に飛ぶ鳥。
「……お前も、来てくれたのか……」
そう、ポツリと小さくつぶやく。
その鳥は、きれいな空を気持ちよさそうに飛んでいる。
俺は涙を拭って、栗田の墓を見る。
栗田、俺も、お前に伝えたかったことがあったんだ。
すぅっと小さく深呼吸をした。
「……好きだった」
早く、この気持ちを伝えていればと、何度も思った。
でも、この気持ちは、栗田を苦しめたかもしれないんだよな。
……だから、これでいいんだ。

また、涙があふれそうになる。
でもそのとき、優しい風が吹いて、涙を乾かしてくれた。
もう、くよくよしない。
お前の言うとおり、笑顔で生きていく。
お前と見た景色を忘れないように。
「……それじゃあ、また来るな」
　そう言って俺は微笑んで、栗田の墓をあとにした。

　　　　　　　　　　　　　　　　　　END

あとがき

永瑠です。
このたびは、数多くある本の中から『太陽みたいなキミ』を手に取ってくださり、本当にありがとうございます。

この作品は4年ぶりに、新装版として再び書籍化させて頂きました。
久しぶりに、この作品と向き合いながら思い出したのは、4年前の当時のことばかりでした。

この文章は、こんなことを考えながら書いたなぁとか、こんな出来事があったなぁとか。
そんな些細で、ただ日々を過ごしているだけでは思い出さないような、小さなちいさな思い出たちばかりでした。

時間は、本当にあっという間に過ぎていきます。
楽しい時間、悲しい時間、全て平等です。
もし、今が辛く悲しかったとしても、きっといつか、誰かと笑い合い、自分の素直な気持ちを誰かに伝えられる日が必ず来ます。
だからどうか、今を諦めないでください。
今を諦めてしまったら、誰かと笑い合える日も、自分の素直な気持ちを伝えることもできません。

麗紀は、残された時間のなかで、誰かと笑い合えた時間は少なかったと思います。
　自分の気持ちを素直に伝えられず、たくさん悩み、たくさんの涙を流しました。
　ですが、その涙の分、たくさんの幸せを見つけました。
　その幸せは、決して大きいものではなく、いつも見落としてしまっているような、小さなちいさな幸せです。
　これらはきっと、少し目を凝らせば、たくさんあると思います。
　友達の大切さ、両親の思いやり。
　そして、小さな恋の憂しさ。
　こんな小さな幸せを見つけることができたら、何気ない日々もほんの少しだけ変わるかもしれません。

　拙い作品ではありますが、少しでも、あなたの心の片隅に麗紀の思いが残ればいいなと思います。

　最後に。
　新装版として、再び書籍化のお声を掛けてくださった担当編集の相川さん、この作品に携わってくださった皆様、本当にありがとうございます。
　そして、今これを読んでくれているあなたに、心から感謝します。
　本当に、ありがとうございました。

2018年5月　永瑠

この物語はフィクションです。
実在の人物、団体等とは一切関係がありません。

永瑠先生への
ファンレターのあて先

〒104-0031
東京都中央区京橋1-3-1
八重洲口大栄ビル7F

スターツ出版(株)書籍編集部 気付
永瑠先生

KEITAI
SHOUSETSU
BUNKO
野いちご SINCE 2009

新装版 太陽みたいなキミ
2018年5月25日　初版第1刷発行

著　者	永瑠
	©Eru 2018
発行人	松島滋
デザイン	カバー　齋藤知恵子
	フォーマット　鳴門ビリー&フラミンゴスタジオ
ＤＴＰ	久保田祐子
編　集	相川有希子　早川恵美子
発行所	スターツ出版株式会社
	〒104-0031 東京都中央区京橋1-3-1　八重洲口大栄ビル7F
	TEL 販売部03-6202-0386（ご注文等に関するお問い合わせ）
	http://starts-pub.jp/
印刷所	共同印刷株式会社
Printed in Japan	

乱丁・落丁などの不良品はお取替えいたします。上記販売部までお問い合わせください。
本書を無断で複写することは、著作権法により禁じられています。
定価はカバーに記載されています。

ISBN 978-4-8137-0461-4　C0193

ケータイ小説文庫　2018年5月発売

『君に好きって言いたいけれど。』善生茉由佳・著

過去の出来事により傷を負った姫芽は、誰も信じることができず、孤独に過ごしていた。しかし、悪口を言われていたところを優しくてカッコいいけど、本命を作らないことで有名なチャラ男・光希に守られる。姫芽は光希に心を開いていくけど、光希には好きな人がいて…？　切甘な恋に胸キュン‼
ISBN978-4-8137-0458-4
定価：本体 590 円＋税

ピンクレーベル

『この幼なじみ要注意。』みゅーな**・著

高2の美依は、隣に住む同い年の幼なじみ・知紘と仲が良い。マイペースでイケメンの知紘は、美依を抱き枕にしたり、おでこにキスしてきたりと、かなりの自由人。そんなある日、知紘が女の子に告白されているのを目撃した美依。ただの幼なじみだと思っていたのに、なんだか胸が苦しくて…。
ISBN978-4-8137-0459-1
定価：本体 560 円＋税

ピンクレーベル

『きみと、春が降るこの場所で』桃風紫苑・著

高校生の朔はある日、病院から抜け出してきた少女・詞織と出会う。放っておけない雰囲気をまとった詞織に「友達になって」とお願いされ、一緒に時間を過ごす朔。儚くも強い詞織を好きになるけれど、詞織は重病に侵されていた。やがて惹かれ合うふたりに、お別れの日は近づいて…。
ISBN978-4-8137-0460-7
定価：本体 530 円＋税

ブルーレーベル

『新装版 太陽みたいなキミ』永瑠・著

楽しく高校生活を送っていた麗紀。ある日病気が発覚して余命半年と宣告されてしまう。生きる意味見失った麗紀に光をくれたのは、同じクラスの和也だった。だけど、麗紀は和也や友達を傷つけないために、病気のことを隠したまま、突き放してしまい…。大号泣の感動作が、新装版で登場！
ISBN978-4-8137-0461-4
定価：本体 590 円＋税

ブルーレーベル

ケータイ小説文庫　好評の既刊

『隣のキミ』永瑠・著

今日は高校1年で初の席替え！　男子が苦手な美心は、たったひとつの隣が誰もいない席をねらっていた。でも、クジで引き当てたのは、学校イチのイケメンで超クールな橘くんの隣。ひと言も話さないまま迎えた放課後、不安をかかえながら大好きな公園に行くと、橘くんがベンチで寝ていて…!?

ISBN978-4-88381-716-0
定価：本体520円+税

ピンクレーベル

『この空の彼方にいるきみへ、永遠の恋を捧ぐ。』涙鳴・著

高1の美羽は、母の死後、父の暴力に耐えながら生きていた。父と温かい家族になりたいと願うが、「必要ない」と言われてしまう。絶望の淵にいた美羽を救うかのように現れたのは、高3の棗（なつめ）。居場所を失った美羽を家に置き、優しく接する棗だが、彼に残された時間は短くて…。感動のラストに涙！

ISBN978-4-8137-0442-3
定価：本体580円+税

ブルーレーベル

『瞳をとじれば、いつも君がそばにいた。』白いゆき・著

高1の未央は、姉・唯を好きな颯太に片思い中。やがて、未央は転校生の仁と距離を縮めていくが、何かと邪魔をしてくる唯。そして、不仲な両親。すべてが嫌になった未央は家を出る。その後、唯と仁の秘密を知り…。さまざまな困難を乗り越えていく主人公を描いた、残酷で切ない青春ラブストーリー。

ISBN978-4-8137-0443-0
定価：本体590円+税

ブルーレーベル

『君の消えた青空にも、いつかきっと銀の雨。』岩長咲耶・著

奏の高校には『雨の日に相合傘で校門を通ったふたりは結ばれる』というジンクスがある。クラスメイトの凱斗にずっと片想いしていた奏は、凱斗に相合傘に誘われることを夢見ていた。だが、ある女生徒の自殺の後、凱斗から「お前とは付き合えない」と告げられる。凱斗は辛い秘密を抱えていて…？

ISBN978-4-8137-0425-6
定価：本体560円+税

ブルーレーベル

ケータイ小説文庫 2018年6月発売

『無気力な幼馴染みがどうやら本気を出したみたいです。』 みずたまり・著

柚月の幼馴染み・彼方は、美男子だけどやる気0の超無気力系。そんな彼に突然「柚月のことが好きだから、本気出す」と宣言される。"幼馴染み"という関係を壊したくなくて、彼方の気持ちから逃げていた柚月。だけど、甘い言葉を囁かれたりキスをされたりすると、ドキドキが止まらなくて!?

ISBN978-4-8137-0478-2
予価:本体500円+税

ピンクレーベル

『君と私のレンアイ契約』 Ena.(エナ)・著

お人よし地味子な高2の華子は、校内の王子様的存在・葵に、期間限定で彼女役をさせられることに。本当の恋人同士ではないけれど、次第に距離を縮めていく2人。ところが期間終了まで1ヶ月という時、華子は葵に「終わりにしよう」と言われ…。イケメン王子と地味子の恋の行方は!?

ISBN978-4-8137-0477-5
予価:本体500円+税

ピンクレーベル

『透明な0.5ミリ向こうの世界へ』 岩長咲耶(いわながさくや)・著

幼い頃の病気で左目の視力を失った翠。高校入学の春に角膜移植をうけてからというもの、ある少年が泣いている姿を夢で見るようになる。学校へ行くと、その少年が同級生として現れた。じつは、翠がもらった角膜は、事故で亡くなった彼の兄のものだとわかり、気になりはじめるが…。

ISBN978-4-8137-0480-5
予価:本体500円+税

ブルーレーベル

『新装版 桜涙』 和泉(いずみ)あや・著

小春、陸人、奏一郎は、同じ高校に通う幼なじみ。ところが、小春に重い病気が見つかったことから、陸人のトラウマや奏一郎の家庭事情など次々と問題が表面化していく。そして、それぞれに生まれた恋心が"幼なじみ"という関係を変えていき…。大号泣の純愛ストーリーが新装版で登場!

ISBN978-4-8137-0479-9
予価:本体500円+税

ブルーレーベル

書店店頭にご希望の本がない場合は、
書店にてご注文いただけます。